Frank Wedekind (1864-1918), einer der meistgespielten, aber auch einer der umstrittensten Autoren der wilhelminischen Ära, zählt heute zu den Klassikern der Moderne. Sein lyrisches Werk tritt neben seiner Kindertragödie *Frühlings Erwachen* oder den Lulu-Dramen leicht in den Hintergrund. Doch war Wedekind auch als Lyriker überaus produktiv, und seine Gedichte haben zu seinem Ruf als provokanter Bürgerschreck entscheidend beigetragen. Wedekind machte um die Jahrhundertwende in den eben entstandenen literarischen Kabaretts Furore. In den 1905 erstmals veröffentlichten Band *Die vier Jahreszeiten* nahm er seine politischen Gedichte nicht mit auf: hier überwiegen Liebesgedichte und Gelegenheitslyrik. Doch auch Wedekinds Liebesgedichte sind »Lieder eines Mannes, der Schiller, Geibel und die Zeitungen gelesen hat« (F. Gundolf): frech, respektlos und direkt, an die Ironie Heinrich Heines und die volksnahe Poesie des Bänkelsangs anknüpfend.

Elke Austermühl, Mitarbeiterin der Editions- und Forschungsstelle Frank Wedekind an der Fachhochschule Darmstadt und Mitherausgeberin der *Kritischen Studienausgabe* der *Werke* Wedekinds erläutert in einem Nachwort die Entstehungsgeschichte und das Themenspektrum dieser Sammlung.

insel taschenbuch 2721

Frank Wedekind

Die vier Jahreszeiten

FRANK WEDEKIND
DIE VIER JAHRESZEITEN

Gedichte

Mit einem Nachwort
von Elke Austermühl

Insel Verlag

insel taschenbuch 2721
Erste Auflage 2001
Insel Verlag Frankfurt am Main und Leipzig

Hinweise zu dieser Ausgabe am Schluß des Bandes
Vertrieb durch den Suhrkamp Taschenbuch Verlag
Umschlag nach Entwürfen von Willy Fleckhaus
Satz: MZ-Verlagsdruckerei GmbH, Memmingen
Druck: Nomos Verlagsgesellschaft, Baden-Baden
Printed in Germany

1 2 3 4 5 6 – 06 05 04 03 02 01

DIE VIER JAHRESZEITEN

Die Jahreszeiten

Genieße, was die Jahreszeit mit sich bringt:
Radieschen, Erdbeeren, grüne Erbsen und Pflaumen!
Was der Verändrung in Sonne und Luft entspringt,
Ist stets das Beste für deinen gebildeten Gaumen.

Radieschen knackt man, wenn man noch jung und keusch
Und sich noch die ersten Zähne nicht ausgebissen;
Die prallen Bäckchen zerbersten mit lautem Gekreisch,
Die Zunge schwelgt in unsäglichen Bitternissen.

Erdbeeren aus Wald und Garten, wie duften sie fein,
Die großen voll Saft, die kleinen sind mir noch lieber.
Ich mache sie trunken zuvor mit gezuckertem Wein,
Pechvögel nur erkranken am Nesselfieber.

Die grünen Erbsen brauch ich schon gar gekocht;
Die tolle Jugend allein frißt sie aus den Schoten.
Ich habe sie stets nur gepfeffert zu kosten vermocht,
Und neuerdings auch hat sie der Arzt mir verboten.

Die üppigen Pflaumen des Herbstes genieß ich fast nur
Als Mittel zum Zweck bei unbehaglicher Stauung
Im Unterleib statt Karlsbader Brunnenkur.
Es grölen die Därme im Chor den Gesang
der Verdauung. –

Noch manches wäre notwendig hier beigedruckt,
Wie Mammut-Trüffeln, die aus Thessalien stammen;
Doch hab ich den ganzen Hymnus schon vollgespuckt,
So läuft mir dabei das Wasser im Munde zusammen.

FRÜHLING

Felix und Galathea

Fragment

Den Sommer 1881 verbrachte ich infolge einer Rippenfellentzündung nicht auf dem Gymnasium, sondern in meinem Elternhaus. Ich fürchtete sehr, mich zu langweilen, und beschloß daher, ein Schäferleben zu führen. Ein Milchmädchen war vorhanden. Unsre drei Eselinnen, auf denen wir in früheren Jahren geritten hatten, mußten als Schafe herhalten. Ich besang meine Umgebung mit dem einzigen Zweck, meine siebzehnjährigen Kameraden, sobald ich wieder unter ihnen sein würde, an unsern ziemlich häufigen Kneipabenden mit meinen Versen zu unterhalten. Das Heft, in dem das ganze Schäfergedicht enthalten war, hat in späteren Zeiten einmal ein Freund in Verwahrung genommen und verloren. Vor mir liegen einige Fragmente, die mir trotz ihrer äußersten Anspruchslosigkeit lieb geblieben sind.

Präludium
oder wie ein schönes Lied
in einer schönen Situation entstanden ist

Es graut der Morgen und die Sterne sinken,
Bis alle in der kalten Flut ertrinken.
Die große Sonne majestätisch brennt
Schon feuerrot am fernen Firmament.
Kalliope, die schönste der neun Musen,
Erhebt sich in der goldnen Strahlen Schein
Von ihrem Lager, und ihr stolzer Busen
Saugt lechzend frische Morgendüfte ein.
Noch ganz entkleidet, ohne mit den Reizen
Der hohen göttlichen Gestalt zu geizen,

Tritt sie hinaus ins Freie der Natur.
Aus ihren großen, dunkelblauen Augen sprühen
Schon wieder neue, wunderbare Phantasien,
Und ihr Gedanke folgt der irren Spur
Der teuren Helden, die sie zu besingen
Die straffgespannten Saiten läßt erklingen.
Des Waldes dunkle Kühle nimmt sie auf,
Und folgend eines Baches klarem Lauf
Gelangt sie rasch mit zielbewußtem Schritte
In ihres Reiches unwegsame Mitte.
Hier läßt sie sich auf einen Baumstumpf nieder.
Im weiten Umkreis herrscht das tiefste Schweigen
Bis auf ein Wispern in den höchsten Zweigen,
Bis auf das Felsenecho ihrer Lieder.
Die Strahlen schießen senkrecht nun herunter,
Die ganze Schöpfung, eben noch so munter,
Erschlafft im Zittern ausgegoßner Gluten.
Kalliope tritt an des Baches Rand,
Sie legt die goldne Laute aus der Hand,
Sie steigt hinab in die kristallnen Fluten.
Die Wasser kommen zögernd angezogen,
Sie läßt von ihnen sich das Haar zerwühlen,
Die volle Brust, den weißen Leib bespülen,
Glückatmend treibt sie auf den kalten Wogen.
Sie dichtet summend eine Melodie,
Gedanken haben Fleisch und Blut erhalten,
Als Menschenkinder wandeln die Gestalten
Vorbei an ihrer klaren Phantasie.
Im schönen Land Italien weilt ihr Sinn,
Ihr Herz verschwendet seine reichsten Gaben.
Sie singt von Felix, einem Hirtenknaben,
Von Galathea, einer Schäferin.

Chor der Alten

Majestätisch und mit Schweigen
Treten leise wir hervor,
Rufend, aufgestellt im Reigen:
Galathea, sieh dich vor!
Hör uns alte Greise an,
Die wir in der Zukunft lesen,
Was schon öfter dagewesen
Und auch dir passieren kann.
Siehst du jenen bleichen Knaben
Hinter seinen Schafen traben?
Galathea, siehst du nicht,
Daß er mit sich selber spricht?
Mit der Zunge, wie vor Hitze,
Leckt er sich die Nasenspitze.
Felix nennt der Knabe sich;
Galathea, hüte dich!
Sieh, er schmiedet seine Pläne,
Kommt dann in dem Kleid des Schafes,
Stört die Ruhe deines Schlafes,
Plötzlich weist er dir die Zähne
Und bevor du ihm entflohn,
Beißt er dir die Kehle schon.
Drauf packt er dich bei den Händen,
Um sein Mordwerk zu vollenden;
Deine Glieder strampeln noch,
Aber er bekommt dich doch.
Plötzlich fühlst du aus den Knien
Alle Kraft von hinnen ziehen,
Deine Muskeln werden schwach,
Du beschränkst dich auf ein Ach.
Er indes wird immer toller,

Seine Miene sorgenvoller;
Dabei brüllt er wie ein Leu,
Weil ihm das Gefühl noch neu.
Dich jedoch packt erst ein Schlucken,
Dann ein Zittern, dann ein Zucken,
Und dann wird dir so gewaltig,
Wie du's nie an dir erprobt.
Und du küßt ihn mannigfaltig,
Daß er's nur nicht lassen wolle,
Bis sich der erwartungsvolle
Jubel in dir ausgetobt. –
Das ist so in großen Zügen
Das gefährliche Vergnügen,
Dran der bleiche Knabe denkt,
Wenn er seine Schafe tränkt.
Du kannst freilich nicht begreifen,
Welche Pläne in ihm reifen,
Denn noch bist du nicht gerissen
Aus dem Traume deiner Kindheit,
Aus der Ruhe deiner Blindheit
Durch ein unheilvolles Wissen.
Doch er wird die Heißbegehrte
Lehren, was das Schätzenswerte
Hier auf Erden und wozu
Er nicht auch so dumm wie du.

Zwiegespräch
zwischen Felix, dem Schäfer, und Galathea, der Schäferin

FELIX
Galathea, wie lange schon
Hab ich dich nun gebeten!
Galathea, nur kalter Hohn
War die Antwort auf all mein Flöten,
Auf mein Trompeten, auf mein Schalmein,
Auf meine entzückenden Weisen!
O, Mädchen, du hast ein Herz von Stein
Und eine Tugend von Eisen!
GALATHEA
Mein lieber Felix, was bist du nur
So traurig im schönsten Lenze?
Komm mit mir hinaus auf die Blumenflur,
Da schwellen die üppigsten Kränze.
Sieh, wie die Vögel so zärtlich tun,
Wie die Hunde so selig schlafen.
Sieh, wie so friedlich im Grase ruhn
Die Böcke bei unsern Schafen.
FELIX
O, Galathea, die Böcke sind satt,
Die Schafe in Rührung zerflossen.
Von meinen Empfindungen aber hat
Sich keine den deinen erschlossen.
Es brodelt in mir wie in einem Vulkan,
Ich muß mich beständig kratzen;
Und wird mir nicht bald Genüge getan,
Dann werde ich nächstens zerplatzen.

GALATHEA
Ach, Felix, wir leben im Monat August,
Da schwitzt man begreiflicherweise;
Und wenn du dich überdies kratzen mußt,
Dann hast du wahrscheinlich Läuse.
Sieh nur, welch reizenden Kranz ich hier
Aus Himmelsschlüsseln gewunden!
Kränz ich damit deine Locken dir,
Dann ist alles Jucken verschwunden.
FELIX
Es handelt sich nicht um das Jucken der Haut;
Das würd ich wohl schwerlich noch spüren! –
O, Galathea, sei meine Braut;
Du hast keine Zeit zu verlieren.
An deinem letzten harmlosen Schrei
Möcht ich so gerne mich freuen.
Du findest ja auch deine Rechnung dabei,
Du wirst es gewiß nicht bereuen.
GALATHEA
O, Felix, ich habe, solang ich weiß,
Noch nie eine Rechnung gefunden;
Doch wird auch mir jetzt auf einmal so heiß,
Und meine Ruh ist verschwunden.
Auch spür ich ein Jucken, so sonderbar,
Wo, läßt sich genau nicht entscheiden.
Ich glaube, daß welche aus deinem Haar
In meinen Locken schon weiden.
FELIX
Bleib endlich mit deinen Läusen fort!
Du willst mich gar nicht verstehen!
Dich freut es, mir jedes gefühlvolle Wort
Im Munde herum zu drehen.
Dir fehlen, scheint mir, am Schädel herum

Die allernötigsten Schrauben.
O, Mädchen, bist du denn wirklich so dumm,
Wie deinem Gesicht nach zu glauben?
GALATHEA
Ich bin nicht dümmer, als Gott mich schuf.
Ich danke dem Himmel deswegen.
Es ist nicht so einfach, mit dem Vesuv
Eine Unterhaltung zu pflegen.
Du sprichst so verworren, so unbestimmt;
Ich bin nicht klug draus geworden.
Man fürchtet, wenn man es wörtlich nimmt,
Du wolltest einen ermorden.
FELIX
O, Galathea, spotte nicht mein,
Und sei mir nicht böse, du Süße,
Denn meine Gefühle sind ebenso rein
Wie deine zwei lieblichen Füße.
Ich suche mein Himmelreich und mein Glück,
Den Wahnfried all meiner Sorgen.
Nur fehlt mir dazu das nöt'ge Geschick;
Ich find es vielleicht erst morgen.
GALATHEA
O, Felix, wüßt ich, wohin nur gleich
Sich deine Blicke verkriechen!
Auch wirst du auf einmal so kreidebleich
Und fängst so stark an zu riechen.
Das ist doch ein seltsam entsetzlicher Brauch,
Dein Bild ist gänzlich verschwommen.
Hei-hei-hei-hei-heiratest du mich denn auch,
Wenn ich in die Wochen gekommen?
FELIX
Galathea, jetzt wird mir die Welt zu eng.
Ich hab die Besinnung verloren.

Mir donnert dein Schneng-tege-tege-teng-teng-teng
Wie höllischer Spott in den Ohren.
Du selber trägst die Verantwortlichkeit
Für die Wirkungen deiner Partien.
Der Übelstand, welcher nach Abhilfe schreit,
Ist längst aufs höchste gediehen.
GALATHEA
O, Fe–, o, Felix, o, Felix, o, Fe–,
O, Felix, ist dir auch behaglich?
Wenn ich deine zornigen Blicke seh,
Scheint mir dein Vergnügen sehr fraglich.
Nicht herrlicher denk ich es mir, wenn ich
Das ewige Leben erwerbe;
Doch deine Grimassen sind fürchterlich,
Du machst mich tot, ich sterbe.

Chor der Nymphen

Seit Jahrtausenden
Weilen wir hier
An diesem Teiche.
Immer das gleiche
Schauen wir.
Verlockende Worte
Von Lust und Freuden
Führten die Menschen
Zu allen Zeiten
Zu diesem Orte.
Die römischen Frauen
Wo sind sie geblieben?
Wir sehn sie nicht mehr.
Hier kamen sie her,
Um in den lauen
Fluten zu lieben.
Auch unsre Genossen,
Dem Himmel entsprossen,
Die Oreaden
In Busch und Bäumen,
Sie pflegten zu baden
Hier und zu träumen.
Die zottigen Faune,
Mit denen wir liebten,
Im Jagen uns übten
In wilder Laune.
Sie alle schwebten,
Die einst hier lebten,

Zum Himmel wieder,
Aus diesen Triften
Empor zu den Lüften,
Zu ihrem Gebieter.

Chor der Nixen

Ihr glücklichen Kinder,
Schlürft das Vergnügen;
Bald wird es versiegen;
Ein langer Winter
Rafft es dahin.
Euer Sinn
Schaut nicht vorwärts,
Schaut nicht zurück.
Vergängliches küßt ihr,
Sorglos genießt ihr
Den Augenblick.
Wir können nicht lieben;
Von Wind und Wellen
Umher getrieben,
Bis wir zerschellen,
Ward uns als Leben
Nicht mehr gegeben
Als euch im Traum.
Wunschlos entstehen wir,
Wunschlos vergehen wir
Wieder zu Schaum.

Zwiegesang
zwischen Felix, dem Schäfer,
und Galathea, der Schäferin

FELIX
In dem wundervollen Morgensonnenschein,
Galathea, ach wie bist du hold!
Deine Schwanenbrust erstrahlt wie Elfenbein,
Deine Locken schimmern wie das Gold!
Freudig darf ich deinen Leib umschlungen halten,
Auf den Knien einen strammen Jungen halten!
Und in deinen Marmorarmen selig sein,
Ohne daß uns drob der Himmel grollt!

GALATHEA
In der wundervollen frischen Morgenluft
Hab ich meinen Felix innig lieb.
Aus den Wiesen strömt ein holder Blumenduft,
Und bisweilen macht ein Vogel ›piep‹.
Wolln wir uns nicht unter eine Hecke strecken
Und zur Unterhaltung eine Schnecke necken?
Bis zu neuen Taten uns der Kuckuck ruft,
Wenn zu tun uns noch was übrig blieb.
FELIX
Und der wundervolle Morgensonnenglanz,
Galathea, macht dich doppelt süß.
Dir zu Häupten fliegt ein bunter Schwalbenschwanz,
Und ein Brummer fliegt dir um die Füß.
Und ich darf dir deine goldnen Locken küssen,
Ohne daß wir in der Stube hocken müssen.
Deine Gegenwart genieß ich voll und ganz,
Die Vergangenheit erscheint mir mies.
GALATHEA
In dem wundervollen frischen Morgenhauch
Kommst du, Felix, wie ein junger Gott.
Deine Lippen atmen keinen Tabaksrauch,
Deine Beine hebst du flink und flott.
Willst du nicht noch mal nach deiner Flöte greifen
Und ein hübsches Liebeslied von Goethe pfeifen?
Das bleibt doch in Ewigkeit der schönste Brauch,
Leugnen kann es nur ein Hottentott.
FELIX UND GALATHEA
Und so sagen wir denn bis zum nächsten Jahr
Euch, ihr lieben Freunde, gute Nacht,
Hoffend, daß es kein zu großer Blödsinn war;
Uns auf jeden Fall hat's Spaß gemacht.
Deshalb wolln wir auch nur recht viel Leute haben,

Die an Kunstgenüssen sich wie heute laben.
Dann gedeihen alle Künste wunderbar,
Bis der Weltenbau zusammenkracht.

Finale

Es streicht durch die Wälder ein kalter Wind,
Die Blätter fallen herab.
Und Galathea, das süße Kind,
Ich legte sie eben ins Grab.

Still deckt ich sie zu und weinte nicht;
Sie war noch immer so schön.
Ich küßte ihr holdes Angesicht
Auf baldiges Wiedersehn.

An Madame de Warens

Nimm dieses Bild, mit ihm die alte Treue,
Das reine Herz, das einst sich dir geweiht.
Vertrauensvoll erfleht es sich aufs neue
Nur einen Funken deiner Göttlichkeit.
Noch ist der zarte Flor ja nicht zerrissen,
Mit dem du mich in schöner Zeit umwobst,
Darin du mich empor aus Finsternissen
Zum blauen Äther deiner Liebe hobst.
Nun möcht an deiner Brust es wiedrum rasten
Und lauschen deiner Stimme weichem Klang.
Die Melodien, die es dort erfaßten,
Sie hallen fort noch manchen Sommer lang.

Die Welt ist überreich an Glück und Freuden,
Doch reicher, hohe Königin, bist du.
Du wagst die Schätze sorglos zu vergeuden,
Die andre hüten in besorgter Ruh.
Und stets von neuem hast du reich zu geben
Des Golds, das deiner Seele Tiefen füllt.
Wie manchen Schmerz in deiner Nächsten Leben
Hast du mit mildem Himmelstrost gestillt.
Der Mensch verzweifelt unter schweren Qualen,
Siecht hin und altert in Entmutigung,
Da leuchten deines Auges warme Strahlen
Und der gebeugte Geist ist wieder jung.

Verlaß mich nicht; ich habe dir zu danken,
Was Schönes jetzt in meinem Herzen ruht.
Der Flammenbecher, den vereint wir tranken,
Goß lautres Feuer in mein junges Blut.
Verlaß mich nicht; mir lacht aus deinen Zügen
Mein Himmel, wenn du mir zur Seite stehst;
Verlaß mich nicht, du würdest mich betrügen
Um meinen Himmel, wenn du von mir gehst.
Ich weiß nicht, was mir noch auf Erden bliebe;
Mein Leben strömt aus deinem Augenlicht.
Ich müßte sterben ohne deine Liebe,
Du Himmelskönigin, verlaß mich nicht!

Galathea

O, wie brenn ich vor Verlangen,
Galathea, schönes Kind,
Dir zu küssen deine Wangen,
Weil sie so verlockend sind.

Daß ich auch die Gnade fände,
Galathea, schönes Kind,
Dir zu küssen deine Hände,
Weil sie so verlockend sind.

Und was tät ich nicht, du süße
Galathea, schönes Kind,
Dir zu küssen deine Füße,
Weil sie so verlockend sind.

Und mich treibt der Pulse Stocken,
Galathea, schönes Kind,
Dir zu küssen deine Locken,
Weil sie so verlockend sind.

Aber deinen Mund enthülle,
Mädchen, meinen Küssen nie,
Denn in seiner Reize Fülle
Küßt ihn nur die Phantasie.

Debutant

Kennst du die hohe, dunkle Gartenpforte,
Die ernst verschwiegen an der Straße steht?
Wohl niemand ahnte, welche süßen Worte
In ihrem Schutz der Abendwind verweht.

Dort trat ich ein; von freudigem Erwarten
Schwoll mir das Herz wie dem beschenkten Kind;
Ein leises Flüstern wehte durch den Garten
Von guten Geistern, die dort heimisch sind.

Auf schatt'ger Bank ließ ich mich zaudernd nieder
Und trank der Rose wollustschweren Duft;
Ob meinem Haupte knistert es im Flieder;
Zwei Vöglein zwitschern durch die Abendluft.

Wie aber ward mir, als du vor mich tratst,
Ein Götterbild aus fernen Griechenzeiten,
Als du bedeutungsvoll und lächelnd batst,
Dich tiefer in den Garten zu begleiten.

Dort wurde mir aus Abend und aus Morgen
Der erste Lebenstag, den ich gelebt –
O, daß so lange mir das Glück verborgen,
Nach dem das Herz dem Knaben schon gebebt!

O, Ella, Ella, tausend Seligkeiten
In einen einz'gen Atemzug gedrängt;
Die Triebe aus der Menschheit frühsten Zeiten,
Von wonnekund'ger Götterhand gelenkt;

Der Kindheit ahnungsvolle, lose Spiele
Verwandelt in unendlichen Genuß;
O, Ella, alle himmlischen Gefühle
In einem einz'gen Liebeskuß –

Welch hohes Wort, das Menschengeist ersann,
Welch reicher Dank mag diese Stunde lohnen!
Laß ewig mich in deinem Garten wohnen,
Ist alles, was die Lippe stammeln kann.

In seiner Büsche stillem Heiligtum
Nahm ich, als Balsam jeder Erdenqual,
Von deinem Mund das heilige Abendmahl
Zum großen Liebesevangelium.

Madame de Warens

Ich soll ihn lassen
Und kann's nicht fassen;
Und du, mein Herz,
Du darfst es wagen,
Noch fort zu schlagen
Bei solchem Schmerz?

Das Wüstenschiff

Bist schön wie eine Lilie;
Ich lieb dich, ich lieb dich.
Du bist aus guter Familie;
Ich liebe dich, ach so heiß!

Reich mir dein schlankes Händchen,
Und von dem schmalen Gelenk
Lös ich das schneeweiße Bändchen
Mir ewig zum Gedenk.
Wie Sammet so weich,
Wie die Sonne so warm,
Wie der Mondenschein bleich
Ist dein zierlicher Arm.
Das Mieder züchtig verschlossen …
Nein, werd mir nicht bang,
Der Gefühle gewaltiger Drang
Hat sich schon stürmisch ergossen.
Nun nur noch einen zärtlichen Blick,
Dann kehr ich zurück
In mein reinliches Kämmerlein,
Schließe mich ein
Und denke dein
Am Fenster im Mondenschein. – Sela.

Gebet eines Kindes

Wann endlich wird der müden Welt
Die heißersehnte Ruh beschieden,
Die über uns am Himmelszelt
Beseelt der Sterne ew'gen Frieden?

Glücksel'ger Tag, wenn einst hienieden
Das wüste Toben eingestellt,
Sich liebend in die Arme fällt,
Was sich von Anbeginn gemieden!

Du heil'ge Nacht, aus Kampfgebraus
Flieh' ich mit jammernder Gebärde
Zu dir, daß uns geholfen werde.

Gieß deinen milden Segen aus
Und sieh, es würde dieses Haus
Zum schönsten Paradies der Erde!

Pennal

Länger kann mein Herz ich nicht bezähmen –
Ach du lieber Gott, ich tat es nie! –
Doch Sie dürfen es nicht übelnehmen,
Aber ich gesteh's, ich liebe Sie.
Und wenn ich Sie auf der Straße sehe,
Dann ergreift es mich, ich weiß nicht wie;
Dann wird es mir klar und ich gestehe
Ihnen noch einmal: Ich liebe Sie.

Ob ich gehe, stehe, liege, sitze,
Ob ich meinen Aufsatz schreiben soll,
Ob ich über der Grammatik schwitze,
Stets erscheint Ihr Bild verheißungsvoll.
Und wenn Sie mir nicht zu schreiben denken,
Dann soll ein verheißungsvoller Blick,
Den Sie im Vorübergehn mir schenken,
Bote sein von meinem größten Glück.

Aber wenn mein Herz zu kühn gewesen,
Wenn sich Ihre Blicke wenden ab,
Werden Sie vielleicht im Tagblatt lesen,
Wo ein Lebensmüder fand sein Grab.

So, Sie kennen nun mein Liebesfeuer;
Winkt mir heitres, winkt mir düstres Los?
Meine Freude wäre ungeheuer;
Meine Schmerzen wären riesengroß.

In usum Delphini

Nicht mit kalten Theorien
Stille das bewegte Blut!
Die besonnten Jahre fliehen,
Und gebrochen liegt dein Mut.

Reiß dich stracks zur Tiefe nieder!
Doppelt schön ist dein Geschick,
Steigst du neubegeistert wieder
Auf zum lichten Sonnenblick.

Öde schwindet dem das Leben,
Der in langem Kuß verweilt,
Bis dem zögernden Bestreben
Stürmisch die Natur enteilt.

Liebesantrag

Laß uns mit dem Feuer spielen,
Mit dem tollen Liebesfeuer;
Laß uns in den Tiefen wühlen,
Drin die grausen Ungeheuer.

Menschenherzens wilde Bestien,
Schlangen, Schakal und Hyänen,

Die den Leichnam noch beläst'gen
Mit den gier'gen Schneidezähnen.

Laß uns das Getier versammeln,
Laß es stacheln uns und hetzen,
Und die Tore fest verrammeln
Und uns königlich ergötzen.

Ilse

Ich war ein Kind von fünfzehn Jahren,
Ein reines unschuldsvolles Kind,
Als ich zum erstenmal erfahren,
Wie süß der Liebe Freuden sind.

Er nahm mich um den Leib und lachte
Und flüsterte: O welch ein Glück!
Und dabei bog er sachte, sachte
Den Kopf mir auf das Pfühl zurück.

Seit jenem Tag lieb ich sie alle,
Des Lebens schönster Lenz ist mein;
und wenn ich keinem mehr gefalle,
Dann will ich gern begraben sein.

Wegweiser

Zum Wassertrinker bin ich nicht geboren,
Das kann euch meine edle Muse zeigen;
Sie singt beim Wein und fällt in tiefes Schweigen,
Wenn sich der letzte Schluck im Bauch verloren.

Dem Wasser hab ich ew'gen Haß geschworen,
Weil ihm der Zauberdünste keiner eigen,
Die traumschwer aus dem dunklen Becher steigen,
Den ich zum Weiser mir des Wegs erkoren.

Er ist ein gar verständiger Geselle,
Er drängt direkt mich zu des Tempels Schwelle
Und öffnet meinem Blick die dunklen Türen.

Im Taumel tapp ich nach der heiligen Zelle
Und muß des Ortes Weihe nur verspüren,
Dann ist's kein Kunststück mehr, mich zu verführen.

Wendla

Sieh die taufrische Maid,
Erst eben erblüht;
Durch ihr knappkurzes Kleid
Der Morgenwind zieht.

Wie schreitet sie rüstig,
Jubiliert und frohlockt,
Und ahnt nicht, wer listig
Unterm Taxusbusch hockt.

Der allerfrechste Weidmann
Im ganzen Revier,
Er tut ihr ein Leid an
In frevler Jagdbegier.

In einem langen Kleide
Geht sie nun bald einher,
Sinnt vergangener Zeiten
Und jubelt nicht mehr.

Francisca

Francisca, mein reizender Falter,
Hätt'st du nicht zu eng für dein Alter
Den keimenden Busen geschnürt,
Dann klafften wohl nicht die Gewänder,
Sobald ich nur eben die Bänder
Mit harmlosem Finger berührt.

Nun wehr auch nicht meinem Entzücken,
Als Erster die Küsse zu pflücken
Der zarten, jungfräulichen Haut.
Mich blendet die schneeige Weiße,
Solang ich das Fleisch nicht, das heiße,
Mit bebenden Lippen betaut.

Denn gleich wie die Knospe der Blume
Nichts ahnt von der Pracht und dem Ruhme
Der Rose am üppigen Strauch,
So seh ich bescheiden erst schwellen
Die keuschen, die kindlichen Wellen,
Umweht von berauschendem Hauch.

O! glaub mir, die Monde entfliehen,
Die Rosen verwelken, verblühen
Und fallen dem Winter zum Raub.
Es kommen und gehen die Jahre,
Man legt deinen Leib auf die Bahre
Und alles wird Moder und Staub.

Frühling

Willkommen, schöne Schäferin
In deinem leichten Kleide,
Mit deinem leichten frohen Sinn,
Willkommen auf der Weide.

Sieh, wie so klar mein Bächlein fließt,
Zu tränken deine Herde!
Komm setz dich, wenn du müde bist,
Zu mir auf die grüne Erde.

Und trübt sich der Sonne goldiger Schein,
Und fällt ein kühlender Regen,
Dann ist mein Mantel nicht zu klein,
Wollen beide darunter uns legen.

An einen Jüngling

Jüngling, laß dich nicht gelüsten
Nach des Paradieses Äpfeln;
Von den straffsten Mädchenbrüsten
Wird dir nichts als Kummer tröpfeln.

Wagst du dich heran und findst du
Lust an diesen weißen Teufeln,
Armer Freund, wie bald beginnst du
Selbst von Traurigkeit zu träufeln.

Just die Kühnsten, Elegantsten
Werden früh zu müden Krüppeln,
Und die einst am flottsten tanzten,
Müssen lahm zur Grube trippeln.

Idyll

Zum Kellner sprach die Kellnerin:
Mir wird so sonderbar zu Sinn,
Ich finde mich ganz verändert.
Wie bin ich Ärmste doch bisher
Empfindungsbar, gedankenleer
Durchs Gastlokal geschlendert!

Nun möcht ich jauchzen und möchte schrein,
Möcht leise wimmern und selig sein
Und sehne mich fort ins Weite;
Ich sehne mich tief in die Einsamkeit,
Und trotzdem wird mir so weich, so weit
So wohlig an deiner Seite.

O Kellnerknabe, sag an, sag an,
Was hast du Böser mir angetan;
Mein Friede liegt in Scherben.
Mir ahnt ein Glück, ich ermeß es nicht,
Ich fluche fein, ich vergeß es nicht,
Ich möchte am liebsten sterben.

Weltweisheit

Wir waren Philister und merkten es, wie
Die Kräfte des Geistes erschlafften;
Da warfen wir uns auf die Philosophie,
Die tiefste der Wissenschaften.

Da haben wir gründlich uns eingeprägt
Die Sprüche der großen Gelehrten;
Und was man im Fleisch und im Blute trägt,
Das weiß man dann auch zu verwerten.

Erschöpfe die Stunden, genieße die Zeit,
Laß Katzen und Hunde verzagen.
Die Reue, den Fluch und die Niedrigkeit,
Wir lernten es stoisch ertragen.

Als Stoiker lebten wir über Tag,
Kein Staubgeborner stand höher;
Doch wenn die Nacht auf den Bergen lag,
Dann wurden wir Epikuräer.

So flossen die Jahre der Jugend dahin,
Die Schöpfung ein blühender Garten,
Mit duftigen Blumen und Mädchen darin
Von allen exotischen Arten.

Und wenn uns dann schließlich die Kraft gebricht,
Zu frönen unsern Gelüsten,
Dann beugen das Haupt wir noch lange nicht,
Dann werden wir Pessimisten.

Dann spotten wir über die eitle Welt,
Und der Menschheit kleinliches Trachten,
Dann lernen wir, was uns zu sauer fällt,
Aus tiefster Seele verachten.

Dann hebe die Schwingen, Phantasie,
Zu jenen himmlischen Höhen,
Zu jenen Gegenden, die noch nie
Ein sterbliches Auge gesehen.

Dort, wo ein rosiges Morgenrot
Den fernen Äther entzündet,
Hat sich Frau Eva nach ihrem Tod
Ein neues Eden gegründet.

Es scharrte mein Musengaul vor der Tür,
Da bin ich aufgestiegen,
Da flog ich, Liebchen, zu dir, zu dir,
In deinen Armen zu liegen.

Und als ich mich sonnte in deinem Blick,
War Angst und Not verschwunden.
Da hab ich das irdische Liebesglück
Weit süßer als je gefunden.

Das Eis zerschmolz, das Herz ward weit
Und jubelte Frühlingslieder.
Und mit der jungen Begehrlichkeit
Kam die junge Gesundheit wieder.

Laut jauchzt ich auf aus voller Brust:
O laß mich bei dir bleiben,

In deiner unvergänglichen Lust
Auf ewig mich zu betäuben!

Da kracht der Himmel, die Erde bebt,
Es donnert die Atmosphäre,
Und meine sündige Seele verschwebt
In duftige, luftige Leere.

Der Gefangene

Oftmals hab ich nachts im Bette
Schon gegrübelt hin und her,
Was es denn geschadet hätte,
Wenn mein Ich ein andrer wär.

Höhnisch raunten meine Zweifel
Mir die tolle Antwort zu:
Nichts geschadet, dummer Teufel,
Denn der andre wärest du!

Hilflos wälzt ich mich im Bette
Und entrang mir dies Gedicht,
Rasselnd mit der Sklavenkette,
Die kein Denker je zerbricht.

Stallknecht und Viehmagd
Carmen bucolicon

Die Bärin wohnt im tiefen Walde,
Im tiefen Wald wohnt auch der Bär,
Und an demselben Aufenthalte,
Da wohnen Bären bald noch mehr.

Und im Olymp, da wohnen Götter,
Darunter Venus und Apoll;
Dort hat man ewig schönes Wetter
Und jeder Gott ist liebevoll.

Auf ödem Felde schafft die Viehmagd,
Tut ob der Arbeit manchen Schrei,
Jedoch Cupido, der sich nie plagt,
Wälzt sich im Grase nebenbei.

Nun kommt der Stallknecht mit den Kühen;
Auch Ochsen ziehen an dem Pflug,
Doch muß er selbst das meiste ziehen,
Dann geht es eben flott genug.

Cupido duckt sich listig nieder,
Er legt den Bogen an mit Lust
Und schießt die Viehmagd durch das Mieder
In ihre ahnungslose Brust.

Der Stallknecht kommt herbeigesprungen,
Auf daß er rasch ihr Hilfe bringt;
Cupido trifft den guten Jungen,
Daß er mit ihr zu Boden sinkt.

Da liegen Stallknecht nun und Viehmagd
Und schauen sich verwundert an,
Und nachher tun sie, was man nie sagt,
Doch was man leicht erraten kann.

Heimweh

Über bemooste Steine
Fällt ein rauschender Quell,
Glitzert im Mondenscheine,
Funkelt so silberhell.

Sinnend saß ich daneben,
Sah, wie die Welle schäumt,
Hab vom vergangenen Leben,
Hab von der Zukunft geträumt.

In der Tiefe der Wogen
Sah ich gar mancherlei,
Viele Gestalten zogen
Grüßend an mir vorbei.

Waren die lieben Seelen,
Die mich dereinst erfreut,
Die meinem Herzen fehlen
Hier in der Einsamkeit.

Tausendmal laß dir danken,
Lieblicher Silberbach,
Daß du den Heimwehkranken
Tröstest im Ungemach;

Daß du aus alten Tagen
Freundliches mir erzählt,
Daß ich dir durfte klagen,
Was meinem Herzen fehlt.

Frühlingslied

Aus dem Französischen

Hörtest du die Sonne frohlocken,
Als du aus dem Fenster geschaut:
Wald und Feld und Wiesen sind trocken,
Warten auf Bräutigam und Braut.
Zieh dein weißes Hemd an, mein Schätzchen,
Das du keusch im Kasten verwahrt,
Komm hinaus zum lauschigen Plätzchen,
Wo sich die Vöglein längst gepaart!

Ja, das ist ja der holde Mai!
Laß uns wandeln zu zwei und zwei
Durch den Hochwald auf blumigen Pfaden!
Wo das Auge des Himmels lacht,
Küssen wir, daß es man so kracht
Vom Genick hinab in die Waden!

Horch, wie ohne Geld in den Zweigen
Sieben Treppen hoch unterm Dach
All die Künstler zwitschern und geigen!
Keiner zählt seine Barschaft nach.
Und die Blümelein auf den Auen,
Dran dein Aug sich innig erquickt,
Brauchen sie auf den Pfennig zu schauen,

Wo sie umsonst ihr Schneider schmückt!
Ja, das ist ja ... usw.

Ach wie billig ist doch das Leben,
Wenn man keine Ausgaben hat.
Höchste Wonne liegt gleich daneben,
Bringst du sie mir doch mit aus der Stadt.
Sicherlich läßt du mich nicht darben,
Wenn auf meine Kosten du fährst.
Trägt der Wald doch der Hoffnung Farben,
Hoff ich, daß du mir drin gehörst.
Ja, das ist ja ... usw.

Alsdann wolln zu Mittag wir speisen,
Wo des Rasens Tischtuch uns winkt.
Unsere Mahlzeit soll euch beweisen,
Wie man als Künstler ißt und trinkt.
Deine Locken sind das Gemüse,
Deine Lippen spenden das Bier.
Von den Schultern bis auf die Füße,
Alles ist Gänsebraten mir.
Ja, das ist ja ... usw.

Gibst du mir den Laufpaß, o Schrecken,
Kalt und ohne Herz wie Granit,
Deine Finger sollst du dir lecken,
Ich singe einfach nicht mehr mit.
Wie ein Mühlstein werd ich verenden,
Den man um den Hals dir gehängt,
Denn das heißt sein Leben verschwenden,
Wenn sich der Mensch allein ertränkt.
Ja, das ist ja ... usw.

Das Lied vom gehorsamen Mägdlein

Die Mutter sprach in ernstem Ton:
Du zählst nun sechzehn Jahre schon;
Drum, Herzblatt, nimm dich stets in acht,
Besonders bei der Nacht.
Verlier dich von dem Lebenspfad
Nie seitwärts ins Geheg.
Geh immer artig kerzengrad
Den goldenen Mittelweg.

Da kommt nun in der Dämmerstund
Des Pulvermüllers Heinrich und
Küßt mich – mir ward gleich angst und bang –
Wohl auf die rechte Wang:
O Heinrich, das verbitt ich mir;
Sieht's Mutter, setzt es Schläg.
Am allerbesten wählen wir
Den goldenen Mittelweg.

Und plötzlich schreit er glutentflammt:
Ich führe dich zum Standesamt! –
Schweig, sag ich, unverschämter Wicht;
Dahin bringst du mich nicht! –
Da flüstert er und freut sich schier,
Weil ich's mir überleg:
Nun gut, mein Schatz, dann wählen wir
Den goldenen Mittelweg.

Und wenn ich nun zur Ruh mich leg,
Mir träumt vom goldenen Mittelweg;
Mein Spielzeug macht mir kein Pläsier,
Ich gäb es gern dafür,

Gäb meine Schuh, mein Röcklein fein,
Weiß Gott, ich gäb noch mehr;
Hätt nie geglaubt, daß ich solch ein
Gehorsam Mägdlein wär.

Der blinde Knabe

O ihr Tage meiner Kindheit,
Nun dahin auf immerdar,
Da die Seele noch in Blindheit,
Noch voll Licht das Auge war:
Meine Blicke ließ ich schweifen
Jedem frei ins Angesicht;
Glauben galt mir für Begreifen
Und Gedanken kannt ich nicht.

Ich begann jedoch zu sinnen
Und zu grübeln hin und her,
Und in meiner Seele drinnen
Schwoll ein wildempörtes Meer.
Meine Blicke senkt ich nieder,
Schaute tief in mich hinein
Und erhob sie nimmer wieder
Zu dem goldnen Sonnenschein.

Mußt ich doch die Welt verachten,
Die mir Gottes Garten schien,
Denn die Guten läßt er schmachten,
Und die Bösen preisen ihn.
Freude, Lust und Ruh vergehen –
O, wie wohl war einst dem Kind!

Meine Seele hat gesehen,
Meine Augen wurden blind!

SOMMER

Die Wetterfahne

Du auf deinem höchsten Dach,
Ich in nächster Nähe;
Doch die wahre Liebe, ach,
Schwankt in solcher Höhe.
Du in deinem Herzen leer,
Ich in blindem Wahne –
Dreh dich hin, dreh dich her,
Schöne Wetterfahne!

Unterhaltend pfeift der Wind,
Saust uns um die Ohren;
Von des Himmels Freuden sind
Keine noch verloren!
Glaubst du, daß verliebt ich bin,
Weil ich dich ermahne?
Dreh dich her, dreh dich hin,
Schöne Wetterfahne!

Drehn wir uns auf hohem Turm
Immer frisch und munter!
Ach, der erste Wintersturm
Schleudert dich hinunter.
Wenn dann auch verflogen wär,
Was ich jetzt noch ahne …
Dreh dich hin, dreh dich her,
Schöne Wetterfahne!

Abschied

Glück und Segen und alles Gute
Gieß dir hernieder ein schützender Stern;
Könnt ich's erkaufen mit meinem Blute,
O, wie erkauft ich es dir so gern.

Freu dich sorglos der sonnigen Tage!
Klarblauer Himmel verkläret den Blick;
Aber mit weicher melodischer Klage
Dämpfe die Schmerzen im Mißgeschick.

Durch die Täler und über die Höhen
Wand'r ich indessen die steinige Bahn;
Fernher winkendes Wiedersehen
Spornt die ermüdeten Schritte an.

Breitet sich abends dann mir zu Füßen
Reich die herrliche Lenzesflur,
Drüben die dunklen Berge grüßen
Und der Flüsse leuchtende Spur.

Seh ich's alles weit übergossen
Von der sinkenden Sonne Glut,
O, wie wird mir das Herz erschlossen,
Dein gedenkend mit neuem Mut.

Dein gedenkend steig ich zu Tale,
Nacht umfängt mich mit düstren Wehn;
Aber im Morgensonnenstrahle
Weiß ich ein freudiges Wiedersehn.

Konfession

Freudig schwör ich es mit jedem Schwure
Vor der Allmacht, die mich züchtigen kann:
Wie viel lieber wär ich eine Hure
Als an Ruhm und Glück der reichste Mann!

Welt, in mir ging dir ein Weib verloren,
Abgeklärt und jeder Hemmung bar.
Wer war für den Liebesmarkt geboren
So wie ich dafür geboren war?

Lebt ich nicht der Liebe treu ergeben
Wie es andre ihrem Handwerk sind?
Liebt ich nur ein einzig Mal im Leben
Irgendein bestimmtes Menschenkind?

Lieben? – Nein, das bringt kein Glück auf Erden.
Lieben bringt Entwürdigung und Neid.
Heiß und oft und stark geliebt zu werden,
Das heißt Leben, das ist Seligkeit!

Oder sollte Schamgefühl mich hindern,
Wenn sich erste Jugendkraft verliert,
Jeden noch so seltnen Schmerz zu lindern,
Den verwegne Phantasie gebiert?

Schamgefühl? – Ich hab es oft empfunden;
Schamgefühl nach mancher edlen Tat;
Schamgefühl vor Klagen und vor Wunden;
Scham, wenn endlich sich Belohnung naht.

Aber Schamgefühl des Körpers wegen,
Der mit Wonnen überreich begabt?
Solch ein Undank hat mir fern gelegen,
Seit mich einst der erste Kuß gelabt!

Und ein Leib, vom Scheitel bis zur Sohle
Allerwärts als Hochgenuß begehrt ...
Welchem reinern, köstlichern Idole
Nachzustreben, ist dies Dasein wert?

Wenn der Knie leiseste Bewegung
Krafterzeugend wirkt wie Feuersglut,
Und die Kraft, aus wonniger Erregung
Sich zu überbieten, nicht mehr ruht;

Immer unverwüstlicher und süßer,
Immer klarer im Genuß geschaut,
Daß es statt vor Ohnmacht dem Genießer
Nur vor seiner Riesenstärke graut ...

Welt, wenn ich von solchem Zauber träume,
Dann zerstiebt zu nichts, was ich getan;
Dann preis ich das Dasein und ich bäume
Zu den Sternen mich vor Größenwahn! ---

Unrecht wär's, wollt ich der Welt verhehlen,
Was mein Innerstes so wild entflammt,
Denn vom Beifall vieler braver Seelen
Frag ich mich umsonst, woraus er stammt.

Der Taler

Blitzt der Taler im Sonnenschein,
Blitzt dem Kind in die Augen hinein,
Über die Wangen rollen die Tränen.
Mutter zieht gar ein ernst Gesicht:
Vor dem Taler, Schatz, fürchte dich nicht;
Nach dem Taler sollst du dich sehnen.

Sieh, mein Herzblatt, auf Gottes Welt
Für uns Menschen gibt's nichts ohne Geld,
Hätt ich dich, Herzblatt, auch nicht bekommen.
Bist noch so unschuldig, noch so klein,
Willst doch täglich gefüttert sein,
Hast es mir selbst aus der Tasche genommen.

Darfst nicht weinen, bist all mein Glück;
Gibst mir's tausendfältig zurück.
Sieh, die goldene Sonne dort oben,
Brennt sie dir gleich deine Guckaugen wund,
Nährt und behütet den Erdenrund,
Daß alle Kreaturen sie loben.

Nach der Sonne in goldiger Pracht
Haben die Menschen ihr Geld gemacht;
Ohne das Geld muß man elend sterben.
Sonne ist Glück und Glück ist Geld;
Wem es nicht schon in die Wiege fällt,
Der muß es mühevoll sich erwerben.

Sieh, mein Herzblatt, den grünen Wald,
Drin der Vögel Gezwitscher erschallt;
Wie das so lieblich ist anzuschauen!

Hast du kein Geld für das morgige Brot,
Dir sind all die Vögelein tot,
Und der Wald ist ein schrecklich Grauen!

Geld ist Schönheit! Mit recht viel Geld
Nimmst du den Mann, der dir wohlgefällt,
Keinen Häßlichen, keinen Alten.
Sieh, der Reichen Hände, wie weiß!
Wissen nichts von Frost und von Schweiß;
Haben keine Schwielen noch Falten.

Bei uns Armen ist eins mal schön,
Aber nur im Vorübergehn;
Morgen schon ist zerrupft sein Gefieder.
Oder die Schönheit wird ihm zu Geld;
Kommt es hinauf in die große Welt,
Steigt es nicht leicht mehr zu uns hernieder.

Kind, hab acht auf wahren Gewinn:
Geld ist Freiheit, ist Edelsinn,
Menschenwürde und Seelenfrieden.
Alles kehrt sich zum goldenen Licht,
Warum sollen wir Menschen es nicht?
Dir, mein Kind, sei das Glück beschieden.

Der Anarchist

Reicht mir in der Todesstunde
Nicht in Gnaden den Pokal!
Von des Weibes heißem Munde
Laßt mich trinken noch einmal!

Mögt ihr sinnlos euch berauschen,
Wenn mein Blut zerrinnt im Sand.
Meinen Kuß mag sie nicht tauschen,
Nicht für Brot aus Henkershand.

Einen Sohn wird sie gebären,
Dem mein Kreuz im Herzen steht,
Der für seiner Mutter Zähren
Eurer Kinder Häupter mäht.

Zur Verlobung

Das Herz so voll, der Kopf so leer,
Ich finde nichts als Worte;
Sie tanzen auf, sie taumeln her,
Und stets am falschen Orte.

Das find't sich nicht, das reimt sich nicht;
Nur wirre Klagetöne.
Das gibt mir ewig kein Gedicht
An dich, du schlanke Schöne.

Du siehst, ich red auch nur von mir,
Statt deiner zu gedenken,
Wünsch weder Glück noch Segen dir,
Ich wollte dich beinah kränken.

Ich wollt ... o Gott, nun geht's nicht mehr,
Mein Aug quillt mächtig über:
Ich wollt, daß ich ein andrer wär
Und dir ein wenig lieber.

Mein Lieschen

Mein Lieschen trägt keine Hosen
Schon seit dem ersten April,
Weil sie von der grenzenlosen
Hitze nicht leiden will.

Das gibt mir manches zu denken.
So dacht' ich auch schon daran,
Ihr ein Paar Hosen zu schenken
Aus duftigstem Tarlatan.

Wie leicht kann sie sich beim Hupfen
Erkälten, eh sie's gedacht;
Und bleibt ihr auch nichts als ein Schnupfen,
Man nimmt sich doch lieber in acht.

Mein Käthchen

Mein Käthchen fordert zum Lohne
Von mir ein Liebesgedicht.
Ich sage: Mein Käthchen verschone
Mich damit, ich kann das nicht.

Ob überhaupt ich dich liebe,
Das weiß ich nicht so genau.
Zwar sagst du ganz richtig, das bliebe
Gleichgültig; doch, Käthchen, schau:

Wenn ich die Liebe bedichte,
Bedicht ich sie immer vorher,

Denn wenn vorbei die Geschichte,
Wird mir das Dichten zu schwer.

Morgenstimmung

Leise schleich ich wie auf Eiern
Mich aus Liebchens Paradies,
Wo ich hinter dichten Schleiern
Meine besten Kräfte ließ.

Traurig spiegelt sich der bleiche
Mond in meinem alten Frack;
Ach die Wirkung bleibt die gleiche,
Wie das Kind auch heißen mag.

Wilhelmine, Karoline,
's ist gesprungen wie gehupft,
Nur daß hier die Unschuldsmiene,
Dort dich die Routine rupft.

Der Prügelheini

Der Prügelheini, der ist mein Mann,
Der ist eine Menschenplage;
Der prügelt, was er mich prügeln kann,
Die Nächte sowie die Tage.

Heut mittag stürzt er noch auf mich los:
»Du bist mir untreu gewesen!
Das steht in Buchstaben riesengroß
Auf deiner Stirne zu lesen!« –

»Bei Gott, mein Heini, dir blieb ich treu!
Sonst steht mir nichts auf der Stirne.« –
Da schwang er seinen Prügel aufs neu:
»Dich schlag ich nieder, du Dirne!« –

Und als ich ihm zitternd zu Füßen sank,
Ich ärmste von allen Frauen,
Da warf er mich hin auf die Gartenbank
Und hat mich zusammengehauen.

Die Symbolistin

Dein Auge brennt, dein Atem fliegt,
Blaß bist du wie der Tod;
Und frag ich dich, woran das liegt,
Du wirst wie Blut so rot.

Dein Auge senkt sich grambesiegt,
Die Wimper glitzert naß;
Und frag ich dich, woran das liegt,
Du wirst wie Marmor blaß.

Der Symbolist

Eine mondbestrahlte, blasse Hand
Wand sich nachts aus seinen weißen Decken,
Daß, gelähmt in stummem, starrem Schrecken,
Er nur mühsam sich hinweg gewandt.

Jene blasse, mondbestrahlte Hand
Kehrte manchmal wieder – und im Weichen

Schrieb sie sich in geisterhaften Zeichen
In sein schreckensbleiches Nachtgewand.

Neue Liebe

Du Mädchen in des Lebens vollster Pracht
Hast mich zu lichtem Flammenmeer entfacht;
Das züngelt blutig bis ans Sternenzelt,
Von keinem Blick behütet und bewacht.

Und faßt die Flamme nicht die ganze Welt,
Wie dich und den, der dich umfangen hält?
Ein einz'ger Zwieklang durch den weiten Raum,
Der Jubel der vereinten Schöpfung gellt.

Vergangenheit wird uns ein düstrer Traum,
Am Horizont ein schwarzer Wolkensaum.
Doch auch das Glück, daraus mein Lied erschallt,
In seiner Göttlichkeit noch faß ich's kaum.

Bis daß mich deine irdische Gestalt,
Bis daß mich deiner Sinne Glutgewalt
Von jedem dumpfen Traumgewirr befreit
Durch nie geträumter Freuden Wirklichkeit.

Lebensregel

Du kannst einzig mit dem Guten
Dauernd gut Geschäfte machen.
Schlechte schuften und verbluten,
Schwindler jubeln und verkrachen.

Auf der ganzen Erde Gottes
Wird die Pflicht das Glück beneiden –
Doch am schönsten ist ein flottes
Todesringen zwischen beiden.

Nur beherzige die Lehre
Von der Wiege bis zum Grabe:
Der Besiegte hat die Ehre,
Den Besieger ehrt die Habe.

An Elka

Elka, länger kann ich mich nicht halten,
Meine Sinne toben allzu wild;
Und in allen weiblichen Gestalten
Seh ich schon dein Götterbild!

Auch im Traum bist du mir schon erschienen,
Dich entkleidend; o, wie ward mir da!
Schwindlig ward mir hinter den Gardinen,
Als ich deinen Busen sah.

Meine beiden Knie wurden brüchig,
Von der Stirne triefte mir das Fett.

Als das Hemd du abgetan, da schlich ich
Wonneschauernd an dein Bett.

Mach, daß dieser Traum sich bald erfülle;
Mach, erhabne Königin,
Daß bei dir ich vor Behagen brülle,
Nicht vor Wut, weil ich dir ferne bin.

Einkehr

Du stille Friedhofmauer,
Scheu tret ich bei dir ein.
Willst du nicht meiner Trauer
Schirmende Heimat sein?

In deinem tiefen Frieden,
In deinem kühlen Schoß
Wird allen Ruh beschieden,
Die krank und ruhelos.

Wo dunkle Stämme ragen
Um dichtumkränzten Stein,
Fernen vergangnen Tagen
Geb ich ein Stelldichein.

Süßselige heilige Schauer
Lösen mir Aug und Sinn –
Du stille Friedhofmauer,
Du meine Beschützerin,

Entflohn dem Weltgetriebe
Tret gern ich bei dir ein;

Willst du begrabener Liebe
Schirmende Heimat sein?

Sommer 1898

Ich, der alte Ahasver,
Habe große Eile,
Zu verscheuchen wünscht ich sehr
Ewig lange Weile:
Lenke wieder meine Bahn,
Endlos mir beschieden,
Nach dem alten Kanaan,
Das ich lang gemieden.

Mir ist in der Ferne die Kunde geworden,
Es käme gezogen ein Herrscher von Norden,
Da setzt es vielleicht auch für mich einen Orden.

Rückwärts schweift mein Auge matt,
Reuevoll umdustert,
Nach der alten Judenstadt,
Drin ich einst geschustert,
Derart, daß mich heute noch
Gottes Welt verachtet,
Weil ich nicht den Braten roch,
Eh das Lamm geschlachtet!

Wär jener gekommen, wie dieser kommt heute,
Mit stolzem Gepränge und großem Geleite,
Ich wäre moralisch gegangen nicht pleite!

Jener ritt die Eselin,
Dieser den Trakehner,
Ehr und Glück trägt dieser hin
Und sein Leben jener.
Durch der Rede reiches Wort
Einzig sind die beiden,
Und ihr Ziehn von Ort zu Ort
Nicht zu unterscheiden.

Was aber hilft tief mir im Busen die Reue!
Versagt ich denn jemals dem Herrscher die Treue?! –
Am Ende ereilt mich mein Unglück aufs neue!

Kam doch auch zu jener Zeit
Unter Kriegerscharen
In verbrämtem Purpurkleid
Einer angefahren! ––
Wenn der andre nun auch jetzt
Beim Erlöserwerke
Sich vor meine Türe setzt,
Ohne daß ich's merke?!

Von ihm stand kein Wort in der Zeitung geschrieben.
Ich hätt ihn ja sonst von der Bank nicht vertrieben!
Und darin ist alles beim alten geblieben. –

Ja, wir Menschen stolpern blind
Durch des Lebens Enge.
Oft ist leer wie Schall und Wind
Größtes Festgepränge.
Irrt man ehrfurchtsvollen Blicks,
Ehr und Macht zu suchen,

Kommt der Mächt'ge hinterrücks,
Einen zu verfluchen! –

Es wechseln nicht nur an der Börse die Größen! –
Nichts bleibt uns, inmitten von Püffen und Stößen,
Als ununterbrochen das Haupt zu entblößen.

Menschlichkeit

Der Mensch ist nackt geschaffen, ist nackt;
Daraus erklärt sich seine Vertracktheit.
Wird er vom Wind bei der Wolle gepackt,
Dann schämt er sich seiner kläglichen Nacktheit.

Dort, wo es dem rohen Pöbel graut,
Sind der Seele zarteste Saiten zu finden;
Hat einer gar eine durchschimmernde Haut,
Du sollst ihn nicht züchtigen, sondern ergründen.

Ist einer über und über behaart,
Dann magst du ihn nach Gefallen bewitzeln.
Kitzliche zu kitzeln ist Knabenart;
Ein Mann liebt vielmehr den Kitzelnden zu kitzeln.

Gott und Welt

Ich bin ein Mensch von Fleisch und Blut,
Ich fange keine Grillen;
Ich kann des Fleisches Durst so gut
Wie den der Seele stillen.

Ich schwinge brünstig mich empor
Zu Gott in schwacher Stunde;
Und wird ich stark, heb ich den Flor
Von heiliger Todeswunde.

Weit öffnet sich der Arme Paar
Gleich hellen Tempelpforten;
Ich knie schluchzend am Altar,
Ich bete nicht in Worten.

Brigitte B.

Ein junges Mädchen kam nach Baden,
Brigitte B. war sie genannt,
Fand Stellung dort in einem Laden,
Wo sie gut angeschrieben stand.

Die Dame, schon ein wenig älter,
War dem Geschäfte zugetan,
Der Herr ein höherer Angestellter
Der königlichen Eisenbahn.

Die Dame sagt nun eines Tages,
Wie man zu Nacht gegessen hat:
Nimm dies Paket, mein Kind, und trag es
Zu der Baronin vor der Stadt.

Auf diesem Wege traf Brigitte
Jedoch ein Individium,
Das hat an sie nur eine Bitte,
Wenn nicht, dann bringe er sich um.

Brigitte, völlig unerfahren,
Gab sich ihm mehr aus Mitleid hin.
Drauf ging er fort mit ihren Waren
Und ließ sie in der Lage drin.

Sie konnt es anfangs gar nicht fassen,
Dann lief sie heulend und gestand,
Daß sie sich hat verführen lassen,
Was die Madam begreiflich fand.

Daß aber dabei die Turnüre
Für die Baronin vor der Stadt
Gestohlen worden sei, das schnüre
Das Herz ihr ab, sie hab sie satt.

Brigitte warf sich vor ihr nieder,
Sie sei gewiß nicht mehr so dumm;
Den Abend aber schlief sie wieder
Bei ihrem Individium.

Und als die Herrschaft dann um Pfingsten
Ausflog mit dem Gesangverein,
Lud sie ihn ohne die geringsten
Bedenken abends zu sich ein.

Sofort ließ er sich alles zeigen,
Den Schreibtisch und den Kassenschrank,
Macht die Papiere sich zu eigen
Und zollt ihr nicht mal mehr den Dank.

Brigitte, als sie nun gesehen,
Was ihr Geliebter angericht',

Entwich auf unhörbaren Zehen
Dem Ehepaar aus dem Gesicht.

Vorgestern hat man sie gefangen,
Es läßt sich nicht erzählen wo;
Dem Jüngling, der die Tat begangen,
Dem ging es gestern ebenso.

Meiner entzückenden Kollegin Mary I.

Von vorn besehn bist du die schönste Maid,
Die je mein Herz aus Liebesnot befreit;
Doch wenn du halb nur dich zur Seite kehrst,
Dann dünkt mich schon, daß du ein Knabe wärst.
Drum bleib ich wie dem Glücksrad stets dir nah,
Du – *Venus Duplex Amathusia*!

Marys Kochschule

Daß in deinem Engelsköpfchen
So viel Teufelei rumort,
Hätt ich nimmer ahnen können;
Aber deine Küsse brennen,
Wie kein Höllenfeuer schmort.

Deiner Seele heiße Sauce
Gießt sich prasselnd auf mich aus;
Mit den neusten Apparaten
Werd ich Ärmster ausgebraten,
Ein bejammernswerter Schmaus.

Schließlich öffnest du die Brust mir
Und transchierst mein dampfend Herz,
Weidest dich an seinem Pochen,
Wie's zerrissen und zerstochen
Und in Stücke sprang vor Schmerz.

Eroberung

Ach, sie strampelt mit den Füßen,
Ach, sie läßt es nicht geschehn,
Ach, noch kann ich ihren süßen
Körper nur zur Hälfte sehn;
Um die Hüfte weht der Schleier,
Um den Schleier irrt mein Blick,
Immer wilder loht mein Feuer,
Ach, sie drängt mich scheu zurück!

Mädchen, ich will nichts erzwingen;
Mädchen, gib mir einen Kuß;
Sieh, dich tragen eigne Schwingen
Durch Begierde zum Genuß.
Ach, da schmiegt sie sich und lächelt:
Deine Küsse sind ein Graus;
Und mit beiden Händen fächelt
Sie der Kerze Schimmer aus.

An eine grausame Geliebte

Hetz deine Meute weit über die Berge hin,
Sie kehrt wieder von Schweiß und von Staub bedeckt.
Gib ihr die Peitsche, gewaltige Jägerin,
Sieh, wie sie dir winselnd die Füße leckt!

Eh der Bann zerreißt, eh die Koppel in Stücke springt,
Eh die Brut dir entgegensteht, wenn dein Hifthorn klingt,
Eh dein Ohr ihn vernimmt, aus der Seele den dumpfen
Schrei,
Eh reißen Sehnen und Adern und Herz entzwei.

Schwing deine Peitsche! Dein gellendes Halali
Tönt wie des Todes wilder Triumphgesang.
Das Auge, blutunterlaufen, sterbensbang,
Späht nach dem Wild deiner Lust und erblickt es nie ...

Schweig und sei lieb

Als du, mein Held, zum ersten Male mir
Im lichterfüllten Saal entgegentratest
Und lächelnd, fast mit kindlichem Gezier,
Um einen Walzer mich verlegen batest,
Weißt du, was in des Morgens Dämmerstunden,
Eh dich mein Traum von neuem mir verbunden,
Ich in mein Tagebuch errötend schrieb? –
Schweig und sei lieb!

Und als du gestern mir mit raschen Schritten
Nachjagtest – zum Befehl ward mir dein Ruf;
Als Kind hätt ich ihn nie so streng gelitten,

Da stets nur Trotz er mir im Herzen schuf –
Ahnst du, weshalb in fieberheißem Beben,
Weshalb ich rettungslos dir preisgegeben,
Weshalb ich stracks wie angekettet blieb? –
Schweig und sei lieb!

Von Wahnsinnsstürmen ward mein Sinn umhallt,
Mein Stolz erstarb, der sonst so siegesfrohe …
Begreifst du die dämonische Gewalt,
Mein Held? Begreifst du, welch empörte Lohe,
Daß sie nicht sengend Herz und Hirn verzehre,
Mich dir mein Glück, mein Leben, meine Ehre,
Mich dir mein Alles hinzugeben trieb? –
Schweig und sei lieb!

An Berta Maria, Typus Gräfin Potocka

Wie stapften wir einst als Kinder so stramm
Barfuß durch alle Pfützen
Und ließen uns den kalten Schlamm
Hoch über die Knie spritzen!

Wie einst als Kinder durch Hain und Flur,
So stapfen wir heut durchs Leben;
Der ganze Schlamm der modernen Kultur
Bleibt uns an den Beinen kleben.

Laß dir's nicht schaudern, was ist dabei!
Wir scheuen nicht Ottern und Nattern,
Solang nur der Kopf und die Brust noch frei
Und im Sturm deine Haare flattern!

Unterm Apfelbaum

Lieschen kletterte flink hinauf
Bis in die höchsten Äste,
Fing in der Schürze die Äpfel auf
Ihrer Mutter zum Feste.

Ich lag unten, verliebt und faul,
Auf dem Rücken im Grase;
Mancher Apfel fiel mir ins Maul,
Mancher mir auf die Nase.

Jetzt stand Lieschen auf starkem Ast,
Schelmisch sah sie hernieder;
Ihres Leibes liebliche Last
Wiegte sich hin und wieder.

Innig umschlungen hielten sich
Splitternackt ihre Füße,
Taten sich auf und befühlten sich –
Winkten mir tausend Grüße.

Durch das Röckchen sandte der Tag
Seine goldenen Strahlen,
Was darunter geborgen lag,
Farbenprächtig zu malen.

Schimmernd rings um die weiße Haut
Wob sich die gedämpfte Helle;
Welcher Meister hat je gebaut
Prächtiger eine Kapelle.

Kindlich faltet ich da die Händ,
Forderte heiß und brünstig:
Was kein irdischer Name nennt,
Werde dem Sünder günstig.

Sieh, und am nämlichen Abend schon,
Tief in die Kissen gebettet,
Wurden der kindlichen Bitte zum Lohn
Leib und Seele gerettet.

Schicksal

Stürme durchtoben die bange Brust;
Stürmisches Leid und stürmische Lust
Sausen hindurch mit schaurigem Wehen,
Schleudern mich aus des Mißgeschicks Nacht
Auf zu des Glückes sonnigen Höhen.
Sprachlos begaff ich die strahlende Pracht,
Schau ich des Weibes hehre Gestalt,
Wie sie die Träume der Jugend verheißen,
Und es ergreift mich, mit blinder Gewalt
An die pochende Brust sie zu reißen.
Sie aber zieht mich auf schwellende Kissen,
Preßt mich an ihren üppigen Leib,
Und überwältigt von wilden Genüssen
Halt ich umklammert das schöne Weib.

Siehe da, gleich einem wogenden Meer
Wälzt sich gewaltig das Unglück her.
Jäh zerschmetternde Blitze flammen
Nieder aus düsterem Wolkenthron;

Über dem trunkenen Erdensohn
Schlagen die schäumenden Fluten zusammen. – –

Als die Sonne wiederum schien,
Gleitet ein Nachen darüber hin.
Schimmernd steigt aus der Wellen Gischt
Ein Regenbogen, der bald erlischt;
Von dem Verunglückten fand sich nischt.

Anwandlung

Wüßtest du, Mädchen, wie das tut,
Wenn dein Arm in dem seinen ruht.
Wenn du an seiner Seite hin
Wandelst in weltbeglückendem Sinn!
Wüßtest du, wie mich der Anblick foltert,
Wie mir der Wunsch in der Seele brennt:
Käm doch das himmlische Firmament
Über euch beide heruntergepoltert!

Wolken machen sich nichts daraus,
Wandern weiter und lachen mich aus,
Ob ich euch, ob ich ihnen fluche,
Ob ich mich selbst zu erdrosseln suche –
Schließlich nach langem qualvollen Bangen
Reichst du mir flüchtig die zuckende Hand,
Und das verwickelte Rosenband
Hält mich verdoppelt fester umfangen.

Kennst jene Hütte du tief im Wald,
Zweier Büßenden Aufenthalt?
Rings unter hohen rauschenden Bäumen

Wildes Kasteien und tiefes Träumen …
Nun ich eben mein Bündel geschnürt,
Will mich dieser Gedanke nicht lassen;
Ach und mein Hirn mag es gar nicht fassen,
Daß mich mein Los schon von hinnen führt.

Albumblatt

Sei er noch so dick,
Einmal reißt der Strick.
Freilich soll das noch nicht heißen,
Daß gleich alle Stricke reißen.
  Nein, im Gegenteil,
  Mancher Strick bleibt heil.

Die Keuschheit

Schimmernd fülle sich der Teller,
Schimmernd bis zum Rand hinan;
Jeder spende seinen Heller
Gern dem alten Leiermann.
Manch ein Lied hab ich gesungen,
Das euch tief ins Herz gedrungen;
Doch ein Lied wie dieses hier
Hörtet ihr noch nicht von mir.

Eines Abends in der Messe
Lauscht' er hinter ihrem Pult,
Mit erzwungner Totenblässe
Bat er sie um ihre Huld.
Von Madrid bis Kopenhagen

Hat er sich herumgeschlagen,
Tausend Mädchen schon verführt,
Kujoniert und angeschmiert.

Und sie bat, daß Gott ihr helfe,
Doch sein Odem war so warm,
Und dieselbe Nacht um elfe
Lag sie schon in seinem Arm.
Weidlich hat er sie belogen,
Hat das Hemd ihr ausgezogen;
Sie ward rot für ihr Geschlecht,
Doch das war ihm grade recht.

Als sie nun die Schmach erlitten,
Ward dem Ungeheuer klar,
Daß sie engelrein von Sitten
Und ihm zu gefühlvoll war.
Freilich konnt es ihn beglücken,
Eine frische Blume pflücken;
Für sein weiteres Pläsier
Fehlte die Verderbnis ihr.

Und er war wie umgewandelt,
Als ihr nun die Liebe kam;
Hat sie so infam behandelt,
Daß sie schier verging vor Scham;
Stieß sie aus den warmen Kissen,
Hat sie nackt hinausgeschmissen,
Warf ihr ihre Kleider nach,
Schloß die Tür mit einem Krach.

Auf dem Vorplatz unter Tränen
Zog sie sich die Strümpfe an,

Fluchte ihres Herzens Sehnen
Und verzieh dem rohen Mann;
Drauf ging sie in ihre Kammer,
Dort sank sie aufs Bett vor Jammer,
Schlug mit beiden Fäusten sich
Wund und weinte bitterlich.

Ist's nicht wirklich ein Entsetzen,
Daß es solche Männer gibt,
Die sich nicht mal mehr ergötzen,
Wo ein andrer kindlich liebt.
Weil sie ihre Liebe suchten
Bei den H–, den verfluchten,
Ist der Seele Klang verdumpft,
Ihr Empfinden abgestumpft.

In dem nächtlich stillen Garten
Sitzt die keusche Maid voll Gram,
Liebelechzend zu erwarten
Den Geliebten, der nicht kam.
Ach, sie meint, er müsse kommen,
Doch die Sterne sind verglommen
Und der sanfte Mond verblich,
Ohne daß ihr Kummer wich.

Und nun ward ihr immer schlimmer,
Immer toller jeden Tag,
Und sie lief ihm auf das Zimmer,
Als er noch zu Bette lag;
Sagt ihm gleich, wozu sie käme,
Daß er sie zur Dienstmagd nehme,
Wenn sie seiner Lust zu schlecht,
Alles, alles sei ihr recht.

Aber dieser Fürchterliche
Hatte keinen Trost für sie
Als verdrehte Bibelsprüche
Voll gesalzner Ironie;
Sich an ihrer Scham zu weiden
Zwang er sie, ihn anzukleiden,
Macht sie dabei, ohne Not,
Immer wieder purpurrot.

Als den Schlips sie ihm gebunden,
Gab der Mensch ihr einen Tritt
Und ein Schimpfwort ihrer wunden
Seele auf den Heimweg mit.
Doch als sie den Hut genommen,
Spielt er plötzlich dann den Frommen,
Sah sie an und sagte: Du,
Heute abend Rendez-vous!

Und sie trat am selben Abend
Wieder in die Wohnung ein,
Einen Strauß am Busen habend,
Denn sie wollte lieblich sein.
Gleich riß er ihn ihr vom Kleide,
Überreicht' ihn voller Freude
Einer Dirne, rotgelockt,
Die geschminkt im Lehnstuhl hockt.

Drauf tät er sie zärtlich bitten,
Aufzulösen sich ihr Haar;
Jene hat's ihr abgeschnitten,
Daß sie wie ein Knabe war.
Dann mußt' sie das Kleid ablegen,
Ging einher, zum Herzbewegen:

Schuhe, Stümpfe, Höschen, Hemd,
Und der Scheitel links gekämmt.

Nun erhob sich die geschminkte,
Dekolletierte Schandperson,
Schlecht verbergend, daß sie hinkte,
Denn sie trieb es lange schon:
Komm, mein Page, und enthülle
Meiner Reize Zauberfülle
Diesem schönen jungen Herrn;
Ach, er hat mich gar zu gern!

Und sie tat es ohne Zucken,
Zog ihr selbst die Strümpfe ab,
Mußte all die Dünste schlucken,
Die das Scheusal von sich gab.
Mehrmals, bis das Werk vollendet,
Hat sie stumm den Kopf gewendet,
Hustete aus tiefster Brust,
Wurde beinah unbewußt.

Alsdann kam an ihn die Reihe,
Was ihr nicht so gräßlich war;
Leise wimmernd macht das treue
Kind ihn aller Kleidung bar;
Wollt ihm noch die Füße küssen,
Doch er hat sich losgerissen.
Und nun gab der edle Wicht
Ihr in jede Hand ein Licht.

So mußt sie sich aufrecht stellen,
Wo der Vorhang offen hing,
Um das Schauspiel zu erhellen,

Das vor ihr in Szene ging.
Durch die Bosheit angefeuert,
Hat er mehrmals es erneuert,
Immer tiefern Höllenschmerz
Bohrend in des Kindes Herz.

Treulich tät sich ihm vereinen
Das entmenschte Schauerweib,
Fand am Jammerblick der Kleinen
Teuflisch süßen Zeitvertreib,
Heuchelt, ihr ins Herz zu schneiden,
Außerordentliche Freuden,
Fraß mit Schluchzen und Geschrei
Einen Apfel auch dabei.

Als die Roheit sondergleichen
Keinen neuen Reiz mehr bot,
Ließ man sich die Kleider reichen,
Stellte sich dabei halb tot.
Nichts als Püffe, nichts als Tritte
Spürt das Kind bei jedem Schritte.
Drauf löscht er die Lichter aus,
Führt die Schandperson nach Haus.

Kommt zurück nach langer Pause,
Und das Mädchen ist noch da,
Denn sie wagt sich nicht nach Hause,
Weil sie so verändert sah;
Bat ihn, daß sie bleiben könnte,
Was er ihr denn auch vergönnte;
Ach, sie dachte nicht daran,
Was der Schreckensmensch ersann.

Nachdem er zu Bett gegangen,
Winkt er sie vom Diwan her,
Überreicht ihr einen langen
Scharfgeladenen Revolver.
Bittet kühl um den Gefallen,
Ihn sich vor den Kopf zu knallen,
Denn die Wirkung sei famos,
Und er sei sie endlich los.

Ohne etwas zu entgegnen,
Hob sie sich ihn an die Stirn,
Tät noch ihren Mörder segnen
Und durchschoß sich das Gehirn.
Lächelnd schmaucht er die Zigarre
Zum Entstehn der Totenstarre,
Geht dann, seiner Schandtat froh,
Nach dem Polizeibureau!

Und nun hat sie ausgelitten,
Diese Maid, die treu geliebt,
Dabei engelrein von Sitten,
Wie es keine zweite gibt.
Alle möge Gott verfluchen,
Wenn sie seine Gnade suchen,
Denn sie liebten nur das Fleisch;
Diese starb im Herzen keusch.

Das arme Mädchen

Böt mir einer, was er wollte,
Weil ich arm und elend bin,
Nie, und wenn ich sterben sollte,
Gäb ich meine Ehre hin!
Schaudernd eilt das Mädchen weiter,
Ohne Obdach, ohne Brot,
Das Entsetzen ihr Begleiter,
Ihre Zuversicht der Tod.

Es klappert in den Laternen
Des Winters eisig Wehn,
Am Himmel ist von den Sternen
Kein einziger zu sehn.

Wie sie nun noch eine Strecke
Weiter irrt, sieht sie von fern
An der nächsten Straßenecke
Einen ernsten, jungen Herrn.
Ihm zu Füßen auf die Steine
Bricht sie ohne einen Laut,
Hält umklammert seine Beine,
Und der Herr verwundert schaut:

Wenn dich die Menschen verlassen,
Komm auf mein Zimmer mit mir;
Jetzt tobt in allen Gassen
Nur wilde Begier.

Und sie folgte seinen Schritten,
Hielt sich schüchtern hinter ihm;
Jener hat es auch gelitten,

Wurde weiter nicht intim.
Angelangt auf seinem Zimmer
Zündet er die Lampe an,
Bei des Lichtes mildem Schimmer
Bald sich ein Gespräch entspann:

Es boten mir wohl viele
Ein Obdach für die Nacht,
Doch hatten sie zum Ziele,
Was mich erschaudern macht.

Ferne sei mir das Verlangen,
Sprach der ernste, junge Mann,
Dir zu färben deine Wangen,
Wenn ich's nicht durch Güte kann.
Bat sie, länger nicht zu weinen,
Holte Wurst und kochte Tee,
Und am Morgen zog er einen
Taler aus dem Portemonnaie.

Sie hat ihn bescheiden genommen
Und fand, eh der Tag vorbei,
Als Plätterin Unterkommen
In einer Wäscherei.

Aber ach, die Tage gingen
Und die Nächte freudlos hin,
Bluteswallungen umfingen
Ihren frommen Kindersinn.
Immer mußt sie sein gedenken,
Der so freundlich zu ihr war,
Immer mußt den Kopf sie senken
In der muntern Mädchenschar.

Und eines Abends um neune
Hielt sie's nicht aus,
Lief ganz alleine
Nach seinem Haus.

Er war noch nicht heimgekommen,
Sie verkroch sich unters Bett,
Bis sie seinen Schritt vernommen,
Wo sie gern gejubelt hätt.
Doch sie hielt sich still da unten,
Bis er sich zu Bett gelegt
Und den süßen Schlaf gefunden,
Dann erst hat sie sich geregt.

Leise wie eine Elfe
Schlupft sie zu ihm hinein:
Daß Gott mir helfe –
Ich bin dein!

Doch da hat er sich erhoben,
Wußte erst nicht, was geschah,
Hat die Kissen vorgeschoben,
Als das Kind er nackend sah:
Nein, jetzt will ich dich nicht haben;
Wohl dir, daß du mir vertraut!
Aber spare deine Gaben,
Denn schon morgen bist du Braut!

Er führte binnen acht Tagen
Sie wirklich zum Altar.
Es läßt sich gar nicht sagen,
Wie glücklich sie war.

Coralie

I

Hüpfe nicht mit nacktem Fuße
In den tollen Gischt hinein;
Stürz dich in das Meer der Buße,
Wasch dir deine Seele rein.

Badst du doch an diesen Küsten
Deinen Busen marmorweiß,
Nur um dich damit zu brüsten
Abends im Bekanntenkreis.

II

Wie dort durch der Brandung Zischen
Sich erstreckt der Hafendamm,
So erstrecke ich mich zwischen
Dich und deinen Bräutigam.

Auf neutralem Boden schlummern
Ist mir ein besondrer Reiz,
Wie das Leben zwischen Pummern
Und Palermo in der Schweiz.

Eisig krappelt's übern Rücken,
Schloßenschauer fühl ich nah;
Hingestreckt vor meinen Blicken
Feurig glüht Italia.

Selbstzersetzung

Hochheil'ge Gebete, die fromm ich gelernt,
Ich stellte sie frech an den Pranger;
Mein kindlicher Himmel, so herrlich besternt,
Ward wüsten Gelagen zum Anger.

Ich schalt meinen Gott einen schläfrigen Wicht;
Ich schlug ihm begeistert den Stempel
Heillosen Betrugs ins vergrämte Gesicht
Und wies ihn hinaus aus dem Tempel.

Da stand ich allein im erleuchteten Haus
Und ließ mir die Seele zerwühlen
Von grausiger Wonne, von wonnigem Graus:
Als Tier und als Gott mich zu fühlen.

Auch hab ich, den mördrischen Kampf in der Brust,
Am Altar gelehnt, übernachtet,
Und hab mir, dem Gotte, zu Kurzweil und Lust,
Mich selber zum Opfer geschlachtet.

HERBST

An die Kritik

Gelegentlich der Berliner Erstaufführung
von »Zensur«

Mir muß die Kritik sich wahrlich
Von den schönsten Seiten zeigen:
Zwanzig Jahr war sie beharrlich
Drauf erpicht, mich totzuschweigen.

Jetzt, nachdem ich, totgeschwiegen,
Mich zum Trotz ans Licht gerungen,
Speit sie rastlos giftige Lügen,
Unversieglich haßdurchdrungen.

Einmal wird sie doch verzichten
Und die klügere Richtung wählen:
Hilft ihr nichts, mich zu vernichten,
Wie wird sie mich dann – bestehlen!

An Franziska de Warens

Gestern dacht ich eines Kusses,
Wie ihn deine Mutter gab;
In Erinnrung des Genusses
Leckt ich mir die Lippen ab.

Ach das war so warm, so saftig,
Daß, ich weiß nicht, wie's geschah,
Plötzlich ich sie ganz leibhaftig
Wieder bei mir sitzen sah;

Lauschte, wie sie sang und lachte,
Manch bedeutungsvolles Wort;
Aber als ich dein gedachte,
War sie plötzlich wieder fort.

Das Opfer

Wenn ich bei Tag mein Mädel mir beseh,
Dann seh ich einen kahlen Totenschädel,
Darunter ein Skelett, und seh mein Mädel
Gebrochen knien von schauerlichem Weh.

Sie schreit zum Schöpfer: »Laß mich Freudenquell
Nur schleunigst jetzt an ihm vorübergehen!
Sechs Monde noch, dann wär's um ihn geschehen.
Sein Mark wird mürb, der Tod vergafft sich schnell.«

»Mich wirft man auf den Mist, das ist normal;
Das Fleisch auf meinen Rippen ist Schimäre.
Ich gäb es, wenn mein liebend Herz nicht wäre,
Schon heute gern den Schlächtern im Spital!«

Enttäuschung

I

Trübe Stunden schleichen sachte
Durch die stille Seele mir;
Glück, das ich zu haschen dachte,
Wie so ferne bin ich dir!

Mühsam schleppt sich meine Feder
Über ein zerknicktes Blatt,
Leis bewimmernd, was ein jeder
Einmal zu verschmerzen hat.

Wenn den alten Mut ich fände,
Fänd ich auch die alte Kraft –
Ach, die wundgestraften Hände
Sind auf lange Zeit erschlafft.

II

Einst lag ich ausgestreckt in wachem Traum,
Ermüdet von der Arbeit langer Nächte,
Da frug ein Kuckucksruf aus hohem Baum,
Was sich das junge Herz wohl wünschen möchte.

Der Frage war die Antwort rasch bereit,
Nun durfte nichts mir die Erfüllung rauben,
Und eine unermeßne Seligkeit
Erwuchs mir aus dem frommen Kinderglauben.

Des Lebens Sommer ist derweil verblüht
Und Hoffnung sah um Hoffnung ich zerrinnen;
Aus meinem grellerleuchteten Gemüt
Schlich auch beschämt ein dunkler Wahn von hinnen.

In diesen Zeilen fand er Unterkunft;
Hier liegt er für des Lebens Rest begraben.
So wird der Mensch ein Krösus an Vernunft
Und, ach, wie bettelarm durch ihre Gaben!

Altes Lied

Es war einmal ein Bäcker,
Der prunkte mit einem Wanst,
Wie du ihn kühner und kecker
Dir schwerlich träumen kannst.

Er hat zum Weibe genommen
Ein würdiges Gegenstück;
Sie konnten zusammen nicht kommen,
Sie waren viel zu dick.

Franziskas Abendlied

Weiß die Mutter doch so gut,
Wann die Äpfel reifen,
Und ihr eigen Fleisch und Blut
Will sie nicht begreifen!

Wenn ich nicht so trostlos wär,
Ging's mir wohl um Treue;
Kommt das Glück von Ungefähr,
Folgt ihm keine Reue.

Seht euch nur dies Leben an,
Hühner, Enten, Gänse –
Drüben schwingt der Schnittersmann
Schon die blanke Sense.

Baut ich auf den lieben Gott,
Baut auf meine Karten,

Ward bei beiden mir zum Spott,
Lernte fleißig warten!

Zwanzig Sommer sind vorbei,
Armes kurzes Leben –
Hast nun einen süßen Mai
Heimlich doch gegeben!

Ist die Nacht nicht gar so still,
Stiller wird's am Tage;
Weiß man einmal, was man will,
Scheut man keine Plage.

Mütterchen zergrübelt sich,
Streicht die weißen Haare,
Träumt so mancherlei für mich,
Träumt sich nicht das Wahre.

Schrecklich ist die Einsamkeit
Nur auf Gottes Erden.
Schön ist auch ein Glück zu zweit,
Will's zu dritt nicht werden.

Kommen viele Jahre noch,
Langes kaltes Sterben;
Durft ein einzig Mal ich doch
Um mein Schicksal werben!

Not und Schande, Angst und Pein,
Alles will ich tragen.
Wird es nur kein Mägdelein,
Will ich gar nicht klagen.

Bajazzo

(Aus »König Nicolo«)

Seltsam sind des Glückes Launen,
Wie kein Hirn sie noch ersann,
Daß ich meist vor lauter Staunen
Lachen nicht noch weinen kann!

Aber freilich steht auf festen
Füßen selbst der Himmel kaum,
Drum schlägt auch der Mensch am besten
Täglich seinen Purzelbaum.

Wem die Beine noch geschmeidig,
Noch die Arme schmiegsam sind,
Den stimmt Unheil auch so freudig,
Daß er's innig lieb gewinnt!

Der Reisekoffer

Bei Tafel saßen in bunter Reih
Damen und Herren; auch saß dabei
Ein junger Mann von blassem Gesicht,
In Haltung und Ausdruck ernst und schlicht,
Durchaus bescheiden, zwar etwas gefräßig,
Aber schweigsam verhältnismäßig.

Und wie ein Bach in der Sonne Blinken
Glitt das Gespräch zwischen Scherzen und Trinken.
Man sprach über dieses, man sprach über jenes,
Man sprach über Nützliches, über Schönes,

Und kam über Unfälle und Verbrechen
Schließlich auf Reisekoffer zu sprechen.

Da waren nun, wie das so geht hienieden,
Urteil und Ansichten sehr verschieden;
Die Damen lobten die großen, schweren,
Bequem zu packen und rasch zu leeren,
Ohne daß dabei die Toilette
Jemals Schaden genommen hätte.

Den Herren hingegen wollte es scheinen,
Angenehmer wären die kleinen,
Die leichten, zusammengeklappten Dinger;
Man könne sie heben mit einem Finger –
Unser Jüngling in guter Ruh
Kaut seinen Bissen und schweigt dazu.

Und wie im Schilfe der schaukelnde Nachen
Glitt das Gespräch zwischen Scherzen und Lachen
Von Reisekoffern auf ferne Gefilde
Im schönen Italien, auf Kunstgebilde
Und dann auf das Glück, auf das Glücklicherscheinen
Sowie auf die Liebe im allgemeinen.

Unser Jüngling kaut wacker fort,
Hört von dem allen kein Sterbenswort;
Seine Gedanken, begreiflicherweise
Dämmern so weiter im alten Gleise.
Und wie er sich abmüht mit düstrer Stirn,
Löst sich ein Etwas in seinem Hirn
Und klettert herab, und erreicht seine Zung
Und wird nun allmählich zur Äußerung.
Und er tut den Mund auf, er winkt mit der Hand –

Die Damen im Kreise lauschen gespannt,
Die Herren verstummen von Reminiszenzen
Aus schwülen Garderoben mit welkenden Kränzen;
Alles starrt in verhaltenem Grimme,
Und er flötet mit süß melodischer Stimme,
Und dabei leuchtet sein Antlitz hell:
»Ich habe einen von Seehundsfell.«

Johannistrieb

Lodernd Feuer in den Blicken,
In der Haltung stolze Ruh;
Deines Hauptes leises Nicken
Winkt mir teure Gnade zu;
Ach, und deines Mundes Worte
Ziehn durch eine Siegespforte
Mir in Hirn und Busen ein –
Laß mich ganz dein eigen sein!

Siegsgewiß ist deine Haltung
Von der Büste hoch und frisch
Bis zur himmlischen Gestaltung
Deines Füßchens unterm Tisch ...
Meine ganze Seele zittert
Wie der Tiger, welcher wittert
Fernher den an einen Pflock
Angebundnen Ziegenbock.

Stille Befürchtung

Seit ich dir mein ganzes Herz entladen,
Peinigt mich geheimnisvolles Weh:
Morgens drängt's mich seltsam, mich zu baden;
Abends treibt's mich mächtig ins Café;

Nachts umgaukeln mich verrückte Träume,
Daß die Seele bang um Hilfe schreit;
Eng bedrücken mich des Himmels Räume,
Die Gewänder werden mir zu weit;

Vor den Augen schwirrt ein schwarzer Falter –
Sprich, o sprich, wie soll ich das verstehn!
's ist ein heimlich zartes Knospenalter;
Doch nicht Liebe scheint mir aufzugehn.

Sehnsucht

Und sei mir noch so traurig auch zu Sinn,
Ich will's nicht glauben, daß ich elend bin.
Der Fluch, das Leid, das mich zu Grund gerichtet,
Am Ende war ja alles nur erdichtet.

Die Phantasie treibt oft ihr Possenspiel.
Schon manchen hob sie, der zu Boden fiel,
Im Geist empor. Schon manchen aus den Höhen
Des Himmels ließ sie Schreck und Unheil sehen.

Laß ab von mir, du große Zauberin!
Erbarm dich mein, entschleire meinen Sinn!

Zerteil die Nacht, mit der du mich geschlagen –
O Sonnenglanz des Glücks, wann wirst du tagen!

Christine

Bessern soll ich mich? – O Himmel,
Wie werd ich wohl besser!
Eher reiten schwarze Schimmel
Weiße Menschenfresser,
  Eh daß solch ein Kauz wie ich
  In sich geht und bessert sich.

Nein, mein Fräulein, ich verzichte
Auf die Tugendpalme;
Schreibe meine Mordgedichte
Tief im Tabaksqualme,
  Bis der Satan kommt und spricht:
  Fort mit dir, du Bösewicht!

Ja, der Teufel wird mich holen
Früher oder später,
Und ich Ärmster muß verkohlen
Unter Schmerzgezeter;
  Haut und Haar und Fleisch und Bein,
  Alles muß gebraten sein.

Sie indessen wandeln lieblich
In der Engel Scharen,
Blumen tragend, wie dort üblich,
In gelockten Haaren,
  Und das ganze Angesicht
  Angestrahlt vom Himmelslicht.

Sehn Sie nun, wie weit geschieden
Unsre beiden Pfade:
Ihnen eines Gartens Frieden,
Mir die Barrikade,
Wo man sich bei jedem Schritt
Auf die Hühneraugen tritt.

Ihnen freundliche Erbarmung,
Mir der Waffen Blinken
Und des wilden Bärs Umarmung,
Ihnen seine Schinken,
Mir des Feinds entmenschter Streit,
Ihnen seine Menschlichkeit!

Das Lied vom armen Kind
oder
Wer zuletzt lacht, lacht am besten

Es war einmal ein armes Kind,
Das war auf beiden Augen blind,
Auf beiden Augen blind;
Da kam ein alter Mann daher,
Der hört auf keinem Ohre mehr,
Auf keinem Ohre mehr.
Sie zogen miteinander dann,
Das blinde Kind, der taube Mann,
Der arme, alte, taube Mann.

So zogen sie vor eine Tür,
Da kroch ein lahmes Weib herfür,
Ein lahmes Weib herfür.
Bei einem Automobilunglück

Ließ sie ihr linkes Bein zurück,
Das ganze Bein zurück.
Nun zogen weiter alle drei,
Das Kind, der Mann, das Weib dabei,
Das arme, lahme Weib dabei.

Ein Mägdlein zählte vierzig Jahr,
Derweil sie stets noch Jungfrau war,
Noch keusche Jungfrau war.
Um sie dafür zu strafen hart,
Schuf Gott ihr einen Knebelbart,
Ihr einen Knebelbart.
Sie flehte: Laßt mich mit euch gehn,
Ihr Lieben, laßt mich mit euch gehn,
So wird noch Heil an mir geschehn!

Am Wege lag ein räudiger Hund,
Der hatte keinen Zahn im Mund,
Nicht einen Zahn im Mund;
Fand er mal einen Knochen auch,
Er bracht ihn nicht in seinen Bauch,
Ihn nicht in seinen Bauch.
Nun trabte hinter den anderen vier,
Wiewohl es am Verenden schier,
Das alte, räudige Hundetier.

Ein Dichter lebt' in tiefster Not,
Er starb den ewigen Hungertod,
Den ewigen Hungertod.
Mit Herzblut schrieb er sein Gedicht,
Man druckt es nicht, man liest es nicht,
Und niemand kennt es nicht.
Sein Leib war krank, sein Geist war wund,

Drum schloß er mit dem räudigen Hund
Der Freundschaft heiligen Seelenbund.

Und dann schrieb er zu aller Glück
Ein wundervolles Theaterstück,
Ein wundervolles Stück,
In welchem die Personen sind
Der taube Mann, das blinde Kind,
Das arme, blinde Kind,
Das lahme Weib, die Jungfrau zart
Mit ihrem langen Knebelbart,
Die Jungfrau mit dem Knebelbart.

Und eh die nächste Stund entflohn,
Konnt jeder seine Rolle schon,
Die ganze Rolle schon.
Verständnisvoll führt die Regie
Das alte, räudige Hundevieh,
Das räudige Hundevieh.
Drauf ward das Schauspiel zensuriert
Und einstudiert und aufgeführt
Und ward ganz prachtvoll kritisiert.

Die Künstler fanden viel Applaus,
Man spannt dem Hund die Pferde aus
Und zieht ihn selbst nach Haus.
Da gab's nun auch Tantiemen viel
Und hohe Gagen für das Spiel,
Das ungemein gefiel. –
Nachdem sie ganz Europa sah,
Da reisten sie nach Amerika,
Nach Nord- und Südamerika.

Nun hört zum Schluß noch die Moral:
Gebrechen sind oft sehr fatal,
Sind manchmal eine Qual;
Frau Poesie schafft ohne Graus
Beneidenswertes Glück daraus,
Sie schafft das Glück daraus.
Dann schwillt der Mut, dann schwillt der Bauch,
Und sei's bei einer Jungfrau auch. –
So ist's der Menschheit guter Brauch.

Tiefer Friede

Die Tage verblassen, die Stunden zergehn,
Die Waffen rasten und rosten;
Ich bin von vorn und von hinten besehn
Ein armer verlorener Posten.

Es kreisen die Dohlen, es kriecht das Gewürm,
Die Menschen hassen und lieben;
Ich bin wie ein alter Regenschirm
In Gedanken stehen geblieben.

Staub deckt meine Falten, es wackelt der Knauf,
Es wankt das Skelett unterm Knaufe;
Ich wollte, des Schicksals Hand spannte mich auf
Und hielte mich unter die Traufe.

Die Hunde
(Elegie)

Es waren einmal zwei Hunde,
Wie war das Herz ihnen schwer!
Sie liefen wohl eine Stunde
Hintereinander her.

Sie hofften, in liebendem Bunde
Werd ihnen leicht und frei,
Und waren doch nur zwei Hunde,
Und keine Hündin dabei.

Das ist die soziale Misere,
Die Sphinx in der Hundewelt,
Daß man vom Hundeverkehre
Die Hündinnen ferne hält.

Die Hündinnen werden ja häufig
Gleich nach der Geburt ersäuft,
Und wird eine Hündin läufig,
Verhindert man, daß sie läuft.

Man läßt sie aus ihrem Kerker
Tag und Nacht nicht heraus;
Knurrend liegt Bella im Erker
Zu Füßen der Tochter vom Haus.

Lisettchen starrt in die Zeilen
Und zittert wohl mit den Knien,
Zuckt mit den Lippen bisweilen,
Und beide denken an ihn.

Wallt man im Familienvereine
Sonntags vors Tor hinaus,
Bella geht an der Leine
Zugleich mit der Tochter vom Haus.

Hier rücken heran die Studenten,
Dort naht sich Nero galant;
Wie wird von beiden Enden
Die arme Leine gespannt!

In einem Rudel Hunde
Kam schließlich man überein,
Es möge nun in der Runde
Jeder mal Hündin sein.

Das Auge, angstvoll, trübe,
Schweift ferne zum Horizont,
Als spräch's: Und das hat der Liebe
Himmlische Macht gekonnt.

Der kleine Fritz ging vorüber
Und sagte: Lieber Papa,
Sage mir doch, du Lieber,
Was machen die Hunde da?

Papa entgegnet: Das nennt man,
Darf dir nicht sagen wie;
An diesen Greueln erkennt man
Das lausige Hundevieh.

Autodafé

Du ketzerische Liederbrut,
Ihr Schelme, ihr perfiden Schwätzer,
Aufwiegler ihr für Fleisch und Blut,
Ihr losen, liederlichen Ketzer,

Habt acht, euch droht ein Glaubensakt:
Schon steht der Holzstoß hoch geschichtet;
Erbarmungslos hinaufgepackt
Wird, was ich frechen Sinns gedichtet.

Empor zum klaren Ätherraum
Hebt sich das Flammenspiel des Brandes:
Ein Totenopfer wüstem Traum,
Die Siegesfackel des Verstandes!

Alte Liebe

Ich hab dich lieb, kannst du es denn ermessen,
Verstehn das Wort, so traut und süß?
Es schließet in sich eine Welt von Wonne,
Es birgt in sich ein ganzes Paradies.

Ich hab dich lieb, so tönt es mir entgegen,
Wenn morgens ich zu neuem Sein erwacht;
Und wenn am Abend tausend Sterne funkeln,
Ich hab dich lieb, so klingt die Nacht.

Du bist mir fern, ich will darob nicht klagen,
Dich hegen in des Herzens heil'gem Schrein.

Kling fort, mein Lied! Jauchz auf, beglückte Seele!
Ich hab dich lieb, und nie wird's anders sein.

Eifersucht

Und wieder seh ich neu entfacht
Die düstre Glut, die treu du hegst
Auf deinem Herd, zur Flammenpracht,
Dein Herz erleuchtend Nacht für Nacht,
Wenn du zur Ruh dich legst.

Kaum atme ich still, so kräuselt mild
Erwartung deiner Lippen Saum;
Dann fühl ich selbst, wie jenes Bild
Die lechzende Seele dir erfüllt
Mit grausigem Wundertraum.

Tief in die weichen Kissen schmiegt
Sich wollustbebend deine Gestalt.
In kurzem Ringen unterliegt
Dein Pflichtgefühl, und im Sturme siegt
Die grabentstiegene Gewalt.

Lulu

Ich liebe nicht den Hundetrab
Alltäglichen Verkehres;
Ich liebe das wogende Auf und Ab
Des tosenden Weltenmeeres.

Ich liebe die Liebe, die ernste Kunst,
Urewige Wissenschaft ist,
Die Liebe, die heilige Himmelsgunst,
Die irdische Riesenkraft ist.

Mein ganzes Innre erfülle der Mann
Mit Wucht und mit seelischer Größe.
Aufjauchzend vor Stolz enthüll ich ihm dann,
Aufjauchzend vor Glück meine Blöße.

Pirschgang

Laßt mich schnobern, laßt mich schnüffeln
Durch die Stille der Wälder fort.
Schon wittre ich das schwellende Fleisch der Trüffeln,
Der saftigen Brünetten von Perigord.

Hier ist der Ort. Ich wetze die Hauer,
Ich bohre den Rüssel wohl in den Grund –
Wie macht doch Arbeit das Leben sauer,
Die Seele krank und die Glieder wund!

Gierig verschling ich die prickelnden Früchte,
Bis mich der Satan im Rücken kneipt –
Es ist die alte Passionsgeschichte,
Daß unsere Freude sich selbst entleibt.

Sie läßt sich erjagen, sie läßt sich haschen,
Die Pulse fliegen, das Herz schlägt wild.
Und zieht man die Himmelstochter auf Flaschen,
Sie schwindet dahin wie ein Schattenbild. –

Noch eine der haltbarsten Delikatessen
Ist frischer Lippen flammender Kuß;
Der Hunger steigert sich mit dem Essen,
Und im Genießen wächst der Genuß.

An einen Hypochonder

Du runzelst die Stirne,
Du wetterst und schreist,
Dieweil mit der Birne
Den Wurm du verspeist.

Was folgst du empfindlich
Der grausigen Spur?
Erfreu dich doch kindlich
Der reichen Natur.

Je herber dein Liebchen,
Um so süßer sein Kuß,
Und je kleiner sein Stübchen,
Desto größer dein Genuß.

Die sieben Heller

Großer Gott im Himmel, sieben
Heller sind mir noch geblieben!
Was nur fang ich armer Mann
Mit den sieben Hellern an.

Tod und Teufel, wären's zwanzig,
Tanzte gleich noch einen Tanz ich

Auf der Bühne buntbemalt,
Wo man zwanzig Heller zahlt!

Wären's fünfzehn! – Einen Teller
Wurst kauft man für fünfzehn Heller.
Hungrig bin ich so wie so;
Eine Wurst macht lebensfroh.

Ach, und wären's auch nur zehne!
Ein Schluck Bier, den ich ersehne,
Ist er gleich ein wenig klein,
Muß für zehne käuflich sein.

Aber sieben, sieben ganze
Rote Heller, nicht zu Tanze,
Nicht zu Wurst und nicht zu Bier,
Gar zu nichts verwendbar mir –!

Lehr mich du, o Fürst der Hölle,
Was tätst du an meiner Stelle,
Wenn im Beutel du zuletzt
Nur noch sieben Heller hättst? –

Alsbald zieht der große Weise
Seine düstren Zauberkreise,
Spuckt nach rechts und links und spricht:
Hör mich an, du armer Wicht!

Kommt bei Wettersturm und Regen
Dir ein Bettelkind entgegen,
Schwarz von Auge, schwarz von Haar,
Busen im Entwicklungsjahr,

Wirf ihr deine sieben Heller
In des Hemdes losen Göller,
Sag ihr, sie sei engelschön,
Schweig und heiß sie weitergehn!

Du hast Freude, sie hat Freude,
Freuen werdet ihr euch beide;
Meine Freude hab auch ich,
Segne und belohne dich!

Der Zoologe von Berlin

Hört ihr Kinder, wie es jüngst ergangen
Einem Zoologen in Berlin!
Plötzlich führt ein Schutzmann ihn gefangen
Vor den Untersuchungsrichter hin.
Dieser tritt ihm kräftig auf die Zehen,
Nimmt ihn hochnotpeinlich ins Gebet
Und empfiehlt ihm, schlankweg zu gestehen,
Daß beleidigt er die Majestät.

Dieser sprach: Herr Richter, ungeheuer
Ist die Schuld, die man mir unterlegt;
Denn daß eine Kuh ein Wiederkäuer,
Hat noch nirgends Ärgernis erregt.
Soweit ist die Wissenschaft gediehen,
Daß es längst in Kinderbüchern steht.
Wenn Sie das auf Majestät beziehen,
Dann beleidigen Sie die Majestät!

Vor der Majestät, das kann ich schwören,
Hegt' ich stets den schuldigsten Respekt;

Ja, es freut mich oft sogar zu hören,
Wenn man den Beleidiger entdeckt;
Denn dann wird die Majestät erst sehen,
Ob sie majestätisch nach Gebühr.
Deshalb ist ein Mops, das bleibt bestehen,
Zweifelsohne doch ein Säugetier.

Ebenso hab vor den Staatsgewalten
Ich mich vorschriftsmäßig stets geduckt,
Auf Kommando oft das Maul gehalten
Und vor Anarchisten ausgespuckt.
Auch wo Spitzel horchen in Vereinen,
Sprach ich immer harmlos wie ein Kind.
Aber deshalb kann ich von den Schweinen
Doch nicht sagen, daß es Menschen sind.

Viel Respekt hab ich vor dir, o Richter,
Unbegrenzten menschlichen Respekt!
Läßt du doch die ärgsten Bösewichter
In Berlin gewöhnlich unentdeckt.
Doch wenn hochzurufen ich mich sehne
Von dem Schwarzwald bis nach Kiautschau,
Bleibt deshalb gestreift nicht die Hyäne?
Nicht ein schönes Federvieh der Pfau?

Also war das Wort des Zoologen,
Doch dann sprach der hohe Staatsanwalt;
Und nachdem man alles wohl erwogen,
Ward der Mann zu einem Jahr verknallt.
Deshalb vor Zoologie-Studieren
Hüte sich ein jeder, wenn er jung;
Denn es schlummert in den meisten Tieren
Eine Majestätsbeleidigung.

Der Lehrer von Mezzodur

In Mezzodur war ein Lehrer,
Sigmund Zus war er genannt,
Als ein braver Mann geachtet,
In der Gegend wohlbekannt.

Er war Gatte und auch Vater
Von drei Kindern, noch so klein;
Leider lebte er nicht glücklich,
Denn die Eh ward ihm zur Pein.

Ein Verdacht regt sich im Herzen,
Seine Frau sei ungetreu,
Daß ein andrer, nicht er selber,
Vater seiner Kinder sei.

Und von Eifersucht gepeinigt
Lebte fürder er dem Wahn;
Als er sich betrogen glaubte,
Reifte leider rasch der Plan.

Eines Nachts zwang er die Gattin,
Daß sie ein Bekenntnis schrieb,
Das er selber ihr diktierte
Und ihr Todesurteil blieb.

Als sie drin den Vater nannte
Ihrer Kinder – ach! o Gott! –
Schoß er die drei armen Kleinen
In dem Bett mit Kugeln tot.

Darauf hat er sie gezwungen,
Sich zu legen auf das Bett,
Hat sie dann auch umgebrungen,
Wie sie ihn auch angefleht.

Er legt' nun selber Hand an sich
Und endete dann fürchterlich.
Das Dienstmädchen, das zugegen war,
Mußte leuchten mit dem Licht
Und erzählt's mit Grauen und Entsetzen
Dem Gericht.

Allbesiegerin Liebe

Kind, jetzt stehst du auf der Höhe
Der Kultur, das ist gewiß;
Du hast Wanzen, Läuse, Flöhe,
T ……, S ……., S …….

Haut und Haare *Mene Tekel*
Von der Stirne bis zur Zeh;
Mich durchschauert schon der Ekel,
Wenn ich deinen Schatten seh.

Aber wenn wir nachts uns lausen
Und die Liebe schafft sich Bahn,
Preis ich mich als deines grausen
Reiches treusten Untertan.

Fata Morgana

So sei denn heute der Schwur getan:
Nicht leg ich der Seele mehr Fesseln an;
Nicht will ich mehr kriechen in Staub und Kot,
Nicht geistig verhungern um leiblich Brot!
Ich schwör es auf Leben und Sterben.

Seit die Sterne erloschen in ihrer Pracht,
Wie irrt ich rastlos durch Sturm und Nacht.
Der eigenen Augen mattschimmerndes Licht,
Wohl wies es den Pfad mir, es wärmte doch nicht,
Und die starren Glieder erlahmten.

Die Winde fegten, es blutet mein Weh
Eine rote Spur in den weißen Schnee.
In meinen Augen das Licht ging aus,
Das Ohr umtoste dumpfrollender Graus,
Dann tiefe schmeichelnde Stille.

Horch, horch, ein Klingen, so fern, so hold –
Dehnt dort sich das Tal nicht im Sonnengold?
Es leuchten die Berge, es glänzt der Strom,
Hoch lacht herein der kristallne Dom,
Darunter fächelnde Lüfte.

Von Blumen umduftet, im wärmenden Schein,
Auf breitem Gipfel steh ich allein;
Ich lehne mich lächelnd auf meinen Stab,
Mein Aug streift selig landauf, landab;
Und all mein Leiden vergessen. –––

Und sei es der sinnberückende Tod,
Ich will nicht mehr hungern um leiblich Brot.
Ich will dich halten, du sonnig Bild,
Solang nur pochend das Herz noch schwillt –
Ich schwör es auf Leben und Sterben.

WINTER

Der Tantenmörder

Ich hab meine Tante geschlachtet,
Meine Tante war alt und schwach;
Ich hatte bei ihr übernachtet
Und grub in den Kisten-Kasten nach.

Da fand ich goldene Haufen,
Fand auch an Papieren gar viel
Und hörte die alte Tante schnaufen
Ohn Mitleid und Zartgefühl.

Was nutzt es, daß sie sich noch härme –
Nacht war es rings um mich her –
Ich stieß ihr den Dolch in die Därme,
Die Tante schnaufte nicht mehr.

Das Geld war schwer zu tragen,
Viel schwerer die Tante noch.
Ich faßte sie bebend am Kragen
Und stieß sie ins tiefe Kellerloch. –

Ich hab meine Tante geschlachtet,
Meine Tante war alt und schwach;
Ihr aber, o Richter, ihr trachtet
Meiner blühenden Jugend-Jugend nach.

Auf dem Faulbett

Auf mein Faulbett hingestreckt
Überdenk ich so meine Tage,
Forschend, was wohl dahinter steckt,
Daß ich nur immer klage.

Ich habe zu essen, ich habe Tabak,
Ich lebe in jeder Sphäre,
Ich liebe je nach meinem Geschmack
Blaustrumpf oder Hetäre.

Die sexuelle Psychopathie,
Ich habe sie längst überwunden –
Und dennoch, ich vergeß es nie,
Es waren doch schöne Stunden.

Erholung

Sieh, wie die Erde wackelt,
Wie alles niederstürzt,
Die Sonne ängstlich fackelt
Und ihre Flammen kürzt,
Wenn ich dich halte Brust an Brust
Und du mit scharfen Zähnen
Verbissen dich in wilder Lust
In meine glühnden Venen.
Es wogt dein Leib, es dröhnt dein Herz,
Dein Odem züngelt höllenwärts,
Und aus der Tiefe steigen
Miasmen freud- und leidenschwer;
Dein Kichern tanzt darüber her

Den fahlen Elfenreigen.
Und zuckt die Flamme übers Haus,
Wie sinkt das All in Nacht und Graus;
Der Himmelslichter Glanz verblich,
Die Stürme heulen fürchterlich,
Es schmettern die Posaunen.
Die Jugend reißt die Ohren auf,
Das Alter hemmt den Tageslauf;
Sie schaudern und erstaunen.
Der Sieger nimmt ein Bad und blickt
Verächtlich nach dem Pfühle,
Die Seele frei, der Leib erquickt
Von frischer Morgenkühle.
Die ganze Welt ist Jubelsang,
Die Sonne lacht den Wald entlang;
Dann lacht auch der Verächter
Sein gellend Hohngelächter.

Trost

Der Tod kommt bald und sicher,
Hält stets sich in der Näh.
Er ist ein fürcherlicher
Tröster im Erdenweh.

Ich hasse ihn nicht aus Liebe,
Ich liebe ihn heiß aus Haß.
Wenn man unsterblich bliebe,
Wie grauenvoll wäre das!

Des Fressens und Weitergebens
Urewige Wiederkehr

Als höchsten Ertrag des Lebens
Ertrag ich nicht länger mehr.

Am Scheidewege

Der schwere Fluch, der auf dem Haupt mir lastet,
Drückt mich darnieder in den Straßenkot;
O Gott, o Welt, erbarmt euch meiner Not;
Ihr wißt, weswegen ich ihn angetastet.

Ihr wißt, ihr selber jagtet mich hinein,
Mit tausend Peitschenhieben ins Verderben;
Nehmt mich zur Sühne denn und laßt mich sterben,
Nur laßt mich nicht so schimpflich elend sein.

Ich war nicht schlecht; nun mag ich's freilich werden,
Gab ich mein Bestes doch zum Opfer hin …
Nehmt mich hinweg, solang ich Mensch noch bin!
Ein Tier, ein Teufel werd ich sonst auf Erden.

Wilhelmine

I

Warum drängst du dich in meine Träume?
Warum hemmst du meiner Schritte Lauf?
Warum füllst du alle Himmelsräume,
Blick ich nächtens zu den Sternen auf?

Stör ich deiner Seele heil'gen Frieden,
Warum machst du, Mädchen, dich so breit?

Und »Nicht doch!« entgegnest du entschieden
Wie der Genius der Enthaltsamkeit.

Ach, so kann es nicht mehr lange dauern;
Ach, es wälzt sich drohend Ach auf Ach;
Laß dir deine Zimmertür vermauern,
Oder fürchte den Zusammenkrach.

II

Und nun ist es doch gekommen,
Trotz des stolzen Sinns im Köpfchen;
Und wir haben von dem Töpfchen
Kühn den Deckel abgenommen.

Schwüler Paradieses-Brodem
Stieg mir schmeichelnd in die Nase,
Dennoch bangt' ich wie ein Hase
Vor dem Pechgeruch von Sodom.

Zwei von heißer Glut erfüllte,
Mitternächtlich helle Sterne
Blinken träumend in die Ferne,
Die sich scheu in Nebel hüllte.

Waldweben

Zwischen duftigen Büschen
Stieß ich auf einen Quell;
Meinen Mund zu erfrischen,
Dünkt er mich rein und hell.

Als ich mich satt getrunken,
Träumend wankt' ich zur Stadt,
Bin aufs Lager gesunken,
Fiebernd und todesmatt.

Hat kein Arzt sich gefunden,
Dessen Kunst mich geheilt;
Werd auch nimmer gesunden,
Bis mich der Tod ereilt. –

Ei du mein durstiger Knabe,
Streife nicht durchs Gebüsch;
Bleib bei der Mutter und labe
Fromm dich am Kaffeetisch.

Kapitulation

Was hilft mir der betrunkne Verstand!
Was helfen die schweren Glieder!
Sobald das Licht heruntergebrannt,
Kommen die Wanzen wieder!

Die Hypochondrie verendet im Wein
Wie Pharao im roten Meere;

Doch welche Flut will mir Retter sein
Gegen die Wanzenheere?!

Ich mache Licht und ich wälze mich
Ächzend auf meiner Pritsche;
Das ist die Stimmung – der Stolz entwich –
Fluchend flücht ich zu Nietzsche …

Die tiefe Richtung

Endlich ist der große Tag gekommen,
Schon ist das Vergangne schrecklich nah,
Doch die Zukunft ist bereits verschwommen;
Auch die Gegenwart ist nicht mehr da.

Gott und Mensch und Weltall sind verschwunden,
Was einst sein wird, glüht im Morgenrot;
Stille stehn die sonst so raschen Stunden,
Und gestorben ist nun auch der Tod.

Aus dem Nichts entwickelt sich ein Grausen,
Eine Donnerstimme ruft: »Ich bin!« …
Plötzlich jagt es mit Gewittersausen
Durch den weiten öden Raum dahin.

Alles starrt beklommen rings im Kreise,
Niemand blickt dem andern ins Gesicht;
Aus den Tiefen stöhnet sterbend leise
Eine Geisterstimme: »Ich bin nicht!« …

Einem Mädchen nur aus hohem Norden
Ist die Lösung wunderbar geglückt:

Der Poet war Philosoph geworden
Und der Philosoph verrückt.

Meningitis tuberculosa

Die Augen irren kreuz und quer,
Die Hände krabbeln hin und her,
Der dünne Atem zieht so schwer,
Nun schlägt auch bald das Herz nicht mehr.

Längst hat im Köpfchen tiefe Nacht
All Gram und Schmerz zur Ruh gebracht,
Die schlaffe Lippe singt und lacht
Wie Abendwind ob Grabesschacht.

Die Hand in meiner brennt so heiß,
So aderblau, so kreideweiß;
In ihrem Innern perlt der Schweiß
Gleich Morgentau auf Blütenreis.

Das Auge glänzt, der Atem pfeift,
Die Schwester nach dem Doktor schweift,
Der Vater mit der Mutter keift,
Die Mutter in die Wolken greift.

Drei Klageweiber treten ein,
Sie fangen gräßlich an zu schrein:
O Gott, o Gott, o Mägdelein,
Der Himmel muß barmherzig sein!

Gebrochen unter Ach und Weh,
Sie sinken auf das Kanapee;

Die Mutter kommt mit dem Kaffee,
Sie blicken schluchzend in die Höh.

Ein leiser heller Klageton –
Die Weiber hören nichts davon,
Sie plappern über Mägdelohn –
Das junge Leben ist entflohn.

Vergänglichkeit

Streck deine Beine, mein hübscher Genoß;
Deine schwarzen Strümpfe aus Fil d'Ecosse
Reichen dir weit bis über die Kniee,
Wenn ich sie dir nicht noch höher ziehe.

Sie sind das Verfänglichste wohl an dir,
Deine schwarzen Strümpfe; ich sterbe dafür.
Hell schimmert die Haut durch die weiten Maschen,
Man möchte von außen schon daran naschen.

Dabei legst du deine Füße so friedlich
Übereinander, die blanken Lackschuhe appetitlich
Gestreckt – die Seligkeit, sie dir zu binden,
Kann im Himmel nicht ihresgleichen finden.

Dein schwarzer Lockenkopf, deine blassen Wangen,
Dein splitternackter Mund, deine bangen
Tiefschwarzen Augen sind eine Pracht,
Doch haben nicht sie mich verrückt gemacht.

Deine Unwiderstehlichkeit liegt in den Beinen.
Seh ich dich kommen, so möcht ich weinen.

Du hebst die Knie in einem Takt,
Der würgend mich an der Kehle packt.

Ich will dir zum ewigen Angedenken
Ein Paar Strumpfbänder in zartem Lila schenken
Mit goldenem Wappen, denn du bist in der Tat
Ein Mädchen und ein junger Aristokrat.

Ein Knabe, der in seiner Anmut nicht leidet,
Wenn er sich zuweilen als Mädchen verkleidet;
Aber deine Mutter sagt mir, du seist
Durchdrungen von ritterlichem Geist.

Du bestehest mit Glanz die schwierigsten Examen
Und schwärmest auch schon für die allerreizendsten
Damen.
Niemand glaubt mir in dieser Welt,
Wie mir das an dir, meinem Schützling gefällt.

Noch bist du Cherub. Wenige Wochen,
Dann ist wohl die Knospe schon aufgebrochen;
Dann blickst du mit grimmem Schauder auf mich,
Der dir so zärtlich die Locken strich.

Wie schade, daß alles Schöne vergeht,
Auch deine Hoheit. Die Pubertät
Macht dich den übrigen Flegeln ähnlich.
Der Duft ist hin und du wirst gewöhnlich.

An das Leben

Wenn mir dereinst von dieser Seuche
Genesung wird im kühlen Grab,
Dann sei, daß jung und alt entfleuche,
Mein Denkmal eine Vogelscheuche:
Mein Hut auf meinem Wanderstab.

Der Hut war schwarz und breitgerändert,
Im Herbst von dunklem Grün umlaubt.
Wie hat der Winter ihn verändert!
Jetzt deckt er schmutzig, schlapp, entbändert
Mein müdes frühgebeugtes Haupt.

Den Stecken hielt ich friedlich nieder,
Bis ich der Unschuld heil'gen Schlaf
Gefährdet sah von gift'ger Hyder.
Ich schlug, daß ich die eignen Glieder
Mit grauenvollstem Fluche traf.

Zur Seuche, dran ich elend sieche,
Ward mir des Ungeheuers Gift:
Der gräßlichste der Erdenflüche.
Ich taumle hin, ich wanke, krieche,
Bis mich im Tod Erlösung trifft.

Aufschrei

Was ich getan, das läßt sich nicht bessern,
Es läßt das Gewissen sich nicht verwässern.
Ich stehe schuldlos vor meinem Verstand
Und fühle des Schicksals zermalmende Hand.

Der Mut versiegt, es wachsen die Schmerzen,
Und öd und trostlos wird es im Herzen.
Ich bin verstoßen, ich bin verdammt,
Ringsher von Rachegluten umflammt.

Wenn jetzt mich Irrsinn lindernd umfinge,
Wenn ich verkappt in den Himmel ginge!
Verschlossen ward mir die Seligkeit,
Ich schliche mich ein im Schellenkleid.

Was ich begangen, läßt sich nicht sühnen.
Man schätzt den Klugen, man preist den Kühnen,
Allein das Herz, das Herz in der Brust
Ist sich unendlicher Schuld bewußt.

Das Goldstück

Hier an dieser öden Stätte
Will ich rasten, bis es tagt;
Welker Rasen ist ein Bette,
Wie's mir eben recht behagt.
Neben mir die Wogen brausen,
Über mir die Wolken sausen,
Keiner milden Stimme Klang
Tönt den düstren Hag entlang.

Alles habt ihr mir genommen,
Was ihr mir gegeben habt;
Nackend bin ich hergekommen,
Nackend bin ich hingetrabt,
Ohne Strümpfe, Stiefel, Hosen –
Meines Lebens lichte Rosen,

Meiner Jugend muntrer Sinn,
Alles, alles ist dahin.

Ob es schon ein Ziel mir setzte,
Zu erforschen vom Geschick,
Werf ich in die Luft dies letzte
Blanke goldgeprägte Stück,
Daß es, auf des Kopfes Seite
Fallend, meinen Tod bedeute;
Wenn das Bild gen Himmel schaut,
Sei noch beßrer Zeit vertraut.

Und es steigt, es fällt, es klingelt,
Sieh, zum Himmel starrt die Zahl!
Mein erbebend Herz umzingelt
Todesangst zum letztenmal. –
Eingedenk der Abschiedsflasche
Steck ich's schweigend in die Tasche;
Ihre Dauer sei mein Maß,
Eins des andern Stundenglas.

Spät am Tage schlendr' ich weiter
In der Sonne fahlem Glanz.
Such dir rüstigern Begleiter,
Wandrer du im Efeukranz!
Vieles möchtest du versäumen,
Ich darf rasten, ich darf träumen;
Was das Schicksal mir verspricht,
Jüngling, das enteilt mir nicht.

Perversität

Ein Waisenkind mit nassen, blassen Wangen,
Mit hohlen Augen und mit dünnen Armen
Huscht scheu hervor, inständig mein Erbarmen
Anflehend, stotternd, schlotternd, furchtbefangen.

Eisig sein Körper, glühend sein Verlangen,
Müht sich's frostbebend, menschlich zu erwarmen.
Vergebne Qual; erschlafft in meinen Armen
Bewimmert es sein Hoffen und sein Bangen.

Beschämt schleicht sich's von hinnen, ächzend, siechend,
Nachts bettelnd und bei Tage sich verkriechend,
Heut in Verzweiflung, morgen in Verzücktheit;

Verfällt gemach schmerzstillender Verrücktheit,
Stutzt, lacht, jauchzt todesfroh, und, der Gewandung
Vom Gischt beraubt, zerschellt es in der Brandung.

Erdgeist

Greife wacker nach der Sünde;
Aus der Sünde wächst Genuß.
Ach, du gleichest einem Kinde,
Dem man alles zeigen muß.

Meide nicht die ird'schen Schätze:
Wo sie liegen, nimm sie mit.
Hat die Welt doch nur Gesetze,
Daß man sie mit Füßen tritt.

Glücklich, wer geschickt und heiter
Über frische Gräber hopst.
Tanzend auf der Galgenleiter
Hat sich keiner noch gemopst.

Abschied

Die Sinnlichkeit gibt mir Abschiedsfest;
Das sind kuriose Gestalten,
In Binden gewickelt, in Schienen gepreßt,
Und kaum mehr festzuhalten.

Die strahlende Nacktheit such ich so bang,
Es fehlt ihr wohl an Vertrauen.
Ich hab sie bei gellendem Becherklang
Zu häufig zusammen gehauen.

Und ist erst das Seelenleben entweibt,
Dann sind sämtliche Lampen erloschen.
Für das, was für mich dann noch übrig bleibt,
Dafür gebe ich nicht einen Groschen.

Das Sonntagskind

Stets naht das Glück in lichter Sonnenpracht,
Gleichgültig, kalt vorüber mir zu wandern.
Mein junges Morgenrot verschlingt die Nacht,
Indes ein heller Freudenschimmer lacht
In den verklärten Augen eines andern.

Ein Sonntagskind! – Mir war sie niemals hold,
Die blinde Dame mit den vollen Händen.
So manchen Opferdienst ich ihr gezollt,
Sie schwebt dahin, um Gold und Minnesold
An ihren Gunstbeglückten zu verschwenden.

O der verruchten Ungerechtigkeit!
Verzweifelnd reiß ich ihr vom Haupt die Binde:
»Sieh Göttin, sieh auch diesen dir geweiht!« –
Sie starrt mich schaudernd an, sie bebt, sie schreit
Und flieht entsetzt zu ihrem Sonntagskinde.

Spiritus familiaris

Eine schwarze Katze kauert vor meiner Tür,
Eine kleine, schwarze, kurzgeschorene Katze;
Ich komme nach Hause, und mit einem Satze,
Wie ich aufschließe, springt sie herein zu mir.

Was will die kleine, schwarze Katze bei mir?
Wär' es ein Hündchen, ich wüßte es zu verstehen;
Ein Frauenhündchen, ich weiß damit umzugehen.
Die Katze ist mir ein völlig fremdes Tier.

Sie ist die Seele von meinem *Spiritus*
Familiaris. Er hat sich umgebrungen.
Die schwarze Katze kommt zu mir hereingesprungen,
Weil sie doch irgendwo übernachten muß.

Münchner Zensurbeirat

Die Zensur wählt einen Beirat,
Und der Beirat rät genau,
Wie in einer Musterheirat
Die normale Ehefrau.

Dreimal »Ja« auf alle Fragen,
Wie der Zensor sie bespricht.
»Nein« darf nur der Zensor sagen,
Für den Beirat gibt's das nicht.

Sollte je ein Rat sich lohnen,
Weil ihr Leid die Menschheit klagt,
Dann, um sein Gehirn zu schonen,
Wird der Beirat nicht gefragt.

Und zu solchen Narrenspossen,
Aller Menschenwürde bar,
Bieten heut sich unverdrossen
Lauter Ehrenmänner dar.

Minona

Laß sie mich küssen, die knospende Blume, den Kelch meiner Trunkenheit!
Wenn meiner Lippen fiebernde Glut dir die Glieder durchzittert hat,
Dann erst wirst du mir Weib, und ein mächtig Erinnern
Schwellt meine Segel glückseligen Inseln entgegen.

An Bruno

Überkommt dich nun, mein holder Knabe,
Deines Erdendaseins höchste Gabe,
Wenn die Schenkel rosig frisch dir schwellen,
Wenn der Flaum dir um die Lippen keimt,
Wenn dein Sehnen trotz der Sturmeswellen
Spielend sich zu leichten Liedern reimt –
Präg dir dann für alle Zukunft ein:
Deines Erdendaseins höchste Gabe
Läßt dich eines nur von dreien sein,
Viechkerl, Schafskopf oder Prügelknabe;
Und du hast für eine der drei Freuden
In der ersten Nacht dich zu entscheiden!

Marasmus

Nicht einmal ein Gedicht gelingt mir mehr,
Geschweige denn ein Mensch. Mein Hirn ist leer,
Und meine Eingeweide sind so trocken,
Daß meine Dünste keine Kuh mehr locken.

's ist leichter, einen Menschen machen als
Ein Klappenhorn; der Mensch braucht jedenfalls
Weit wen'ger Zeit, damit er richtig sitze;
Jedoch erheischt ein Klapphornvers mehr Grütze.

Ein Seitenblick, des Bettes Planke kracht,
Das Weib seufzt auf, dann ist ein Mensch gemacht.
Um ein Gedicht auch kindlich nur zu stammeln,
Muß man oft stundenlang mit Muse rammeln.

Was besser ist? – Die Antwort wird mir schwer.
Ich mache weder Kind noch Klapphorn mehr.
Verzweifelt schlepp ich meines Lebens Bürde –
Es fehlte nur noch, daß ich schwanger würde.

Autographenjägern ins Stammbuch

Wer der Kunst sich weiht, gilt oft als Missetäter,
Und die Welt empfängt ihn vielfach mit Geheul.
Autographensammler aber sind Erfolgsanbeter,
Und Erfolgsanbeter sind der Kunst ein Greul!

Ein letztes Ende

Darf ich dir Glauben schenken, goldner Strahl
Erneuter Hoffnung, lichte Himmelsspende?
Nahst du, ein Gnadenengel meiner Qual?
Bist du ein Trugbild, wie so manches Mal?
Verkündest lächelnd du ein letztes Ende?

Ein letztes Ende! – meine Wimper sinkt,
Und Dunst und Nebel seh ich still zerrinnen.
Ein süß Geflüster mir zum Ohre dringt,
Des langen Winters letzte Spuren trinkt
Ein warmer milder Sonnenblick von hinnen.

Lenzfrohe Schauer wehn durch Wald und Feld,
Am Friedhoftor die ersten Veilchen sprießen,
Dort, wo ein schwarzbehangner Wagen hält
Mit einem Wandrer, der mit Gott und Welt
Versöhnt die müden Augen durfte schließen.

Den Pastor hör ich, fromm und wohlbeleibt,
Dem Hingeschiednen Komplimente lallen:
Er lebte unbescholten, unbeweibt –
Der Totengräber, etwas angekneipt,
Läßt seine Schaufel in die Grube fallen.

Gottlob, ich bin schon tot! Der Deckel kracht,
Ich habe mich nicht weiter drum zu kümmern.
Ich schlummre sanft. Gut Nacht denn, gute Nacht!
Die bösen Geister sind zur Ruh gebracht;
So geh nun die Behausung auch zu Trümmern!

Das tote Meer

Mein Herz ist leer wie eine taube Nuß,
Als Kobold spukt darin der Überdruß.
Wenn ich's bei Licht mir nah vors Auge halte,
Bleckt er mich hämisch an aus enger Spalte.

An hundert Weiber hatt ich wohl im Sold,
Mit denen ich mein Gut und Blut vertollt,
Die schönsten Nymphen im modernen Babel,
Und ich blieb leer, vom Scheitel bis zum Nabel.

Kein Funke mehr, kein Stern aus früherer Welt;
Kein Flämmchen, das den Busen sanft erhellt.
Nur Pharus ragt noch stets mit glühnden Kohlen
Hoch in die Nacht. Der Teufel soll ihn holen!

TÄNZE

Gruß

Ich weiß ein allerliebstes Kind,
Ein Kind, wie selten Kinder sind,
Mit schwarzem Auge, schwarzem Haar,
An Wuchs und Haltung wunderbar!
's ist nicht zu groß und nicht zu klein,
's ist nicht zu dick und nicht zu fein,
Es singt und springt und tanzt und lacht,
Hat manchen schon verrückt gemacht.

Junges Blut

Tanz, mein Liebchen, so wild du
Tanzen kannst, tanzen kannst!
Hurtig tummle dich wie kein
Satan tanzt, Satan tanzt!
Wirf dir übern Kopf die Schuh,
Wirf dein Röckchen auch dazu!
Schlenkre Fuß und
Waden ohne Ruh!
Bis es knackt, schwing exakt,
Auch im tollsten Takt,
Hurtig wie vorher nie
Deine weißen Knie!
Lustbeflügelt derweil
Zuckt dein Hinterteil.
Frisch fang an, heißer dann,
Als dein erster Tanz begann!

Modernes Mädchen

Das ist einfach wundervoll
In unsern Tagen,
Daß man wieder tanzen soll,
Nicht nur sich plagen!

Früher bei der Handarbeit
Die schweren Glieder;
Heut streckt man sich immer wieder
Recht lang und breit.

Ging sonst ein Mädchen schwärmen,
Was gab's für ein Geschrei,
Ein Härmen, ein Lärmen,
Als wär's mit ihr vorbei.

Wenn heut die Pauken dröhnen,
Dann tanzt das Mädchen nackt.
Die Schönen gewöhnen
Sich dran in jedem Takt.

Weil kein Weib edlere Waffen hat
Im Kampf um irdisches Glück,
Als wie sie der Himmel geschaffen hat
Als höchstes Meisterstück.

Wenn's der Teufel auch streng betreibt,
Daß man zimperlich zu Hause bleibt,
Rastlos stürmen doch Weib und Welt
Immer vorwärts, wie's Gott gefällt.

TÄNZE

    Denn die Welt wie das Weib zeigt ganz
Die gleiche höchste Präponderanz
Zum Tanz.

Auf eigenen Füßen – Donnerwetter

In der Jugend frühster Pracht
Tritt sie einher – Donnerwetter,
Nur von Eitelkeit erfüllt,
Das Herz noch leer – Donnerwetter,

Ganz mit frühlingsfrischen Reizen
Angetan – Donnerwetter,
Und erblickt in allen Männern
Nur den Mann – Donnerwetter!

Donnerwetter, zeigt der Gang,
Donnerwetter, Überschwang!
Donnerwetter, diese Glieder,
Donnerwetter, welch ein Fang!

Donnerwetter, erst im Traum,
Donnerwetter, gibt sie kaum
Ihrer Neigung hin und wieder
Etwas Raum – Donnerwetter!

Donnerwetter, aber plötzlich
Drängt die Leidenschaft zum Ziel.
Donnerwetter, hochergötzlich,
Donnerwetter, wird das Spiel!

Donnerwetter, sinkt zurück,
Donnerwetter, voller Glück
Sie zum ersten Male nieder,
Welch ein Blick – Donnerwetter!

Juchhei, hallo,
Wie fühlt die Maid sich froh!
Hallo, juchhei,
In ihres Lebens Mai!

Wenn auch der Mai mit Sturm begann,
Lustig geht's fortan:
Heute mit den Fürstenkindern,
Morgen mit den Bürstenbindern.

Wild saust sie durchs Leben dann,
Donnerwetter, unter Jubel und Geschrei –
Juchhei!
Wie kühn sie's ersann,
Wie klug sie's gewann,
Voll Grauen erzählt's so mancher Mann –
Donnerwetter!

NACHWORT

Frank Wedekind (1864-1918), einer der meistgespielten, aber auch einer der umstrittensten Autoren der wilhelminischen Ära, zählt heute zu den Klassikern der Moderne. Seine Kindertragödie *Frühlings Erwachen*, die Lulu-Dramen und der *Marquis von Keith* sind von den Spielplänen der Theater nicht wegzudenken, und inzwischen gilt es als unstrittig, daß die Dramatik des 20. Jahrhunderts diesem lange Zeit vor allem als Skandalautor wahrgenommenen Literaten nicht nur neue inhaltliche Perspektiven, sondern auch entscheidende ästhetische Impulse verdankt.

Obwohl der Lyrik schon rein quantitativ nicht derselbe Stellenwert zukommt wie der Dramatik, haben doch die Gedichte Wedekinds zu seinem Ruf als provokanter Bürgerschreck entscheidend beigetragen. Sein *Simplicissimus*-Gedicht *Im heiligen Land* (1898), eine Satire auf die Palästinafahrt Wilhelms II., brachte ihm eine sechsmonatige Haftstrafe wegen Majestätsbeleidigung ein. Und von seiner lyrischen Dichtung sind bis heute vor allem Stücke wie das zynisch-brutale Geständnis des Tantenmörders oder Ilses frecher Lobgesang auf die Promiskuität in Erinnerung geblieben. Es handelt sich hierbei um die prominentesten Beispiele der Wedekindschen Brettl-Dichtung, mit der er vor allem in den Jahren 1901-1905 in den eben entstandenen literarischen Kabaretts Furore machte. Mit entsprechenden Titeln, die er größtenteils selbst zur Laute vortrug, hat Wedekind nicht nur den Stil der legendären Münchner *Elf Scharfrichter* und späterer literarischer Kabaretts entscheidend geprägt; sie sind auch – nicht zuletzt durch die Vermittlung Bertolt Brechts – für das deutsche literarische Chanson stilbildend geworden.

Weniger bekannt als die populären Nummern seines Brettl-Repertoires sind Wedekinds *Vier Jahreszeiten*: die erste und einzige Gedichtsammlung, die er je veröffentlichte und aus der er von 1901 an auch die Textgrundlagen für die meisten seiner Brettl-Lieder bezog. Diese Sammlung ist hier in ihrer letzten Fassung von 1912 abgedruckt. Erstmals veröffentlicht wurde sie 1897 im Rahmen des Sammelbandes *Die Fürstin Russalka*, der neben acht Erzählungen und drei Pantomimen bzw. Ballettdichtungen auch 84 Gedichte enthielt; diese waren dort unter dem Titel *Die Jahreszeiten* zusammengefaßt. 1905 publizierte Wedekind die Sammlung erstmals in Form einer selbständigen Buchausgabe und änderte den Titel in *Die vier Jahreszeiten*. Für diese Fassung nahm er an einigen Gedichten Änderungen vor und erweiterte, nachdem er einen der 1897 aufgenommenen Texte gestrichen hatte, den Gesamtumfang der *Vier Jahreszeiten* auf 106 lyrische Beiträge. Eine nochmalige Überarbeitung erfolgte 1912, als Wedekind *Die Vier Jahreszeiten* in Band 1 seiner *Gesammelten Werke* aufnahm. In diesem Zusammenhang ergänzte er sie um fünf neue Titel und fügte ihnen außerdem die neue Textgruppe »Tänze« bei.

Wedekinds Zeitgenossen haben das Charakteristikum der *Vier Jahreszeiten* mehrheitlich in ihrer thematischen Konzentration auf das Erotische identifiziert. Von der Afterkunst eines erotischen Monomanen war die Rede, von Dokumenten sexueller Psychopathie und von zotigen, pornographischen Beiträgen, die in ihrer vulgären Geschmacklosigkeit dem Niveau von Bierzeitungen und Herrenabenden entsprächen, als seriöse Lyrik aber keine Geltung beanspruchen könnten. Andere hoben v. a. den pikanten Humor und den zersetzend-höhnischen Zynismus hervor, mit dem Wedekind sich des erotischen Themas annehme; vor allem in der Dominanz grotesker und parodistischer Stilelemente wurde vielfach ein starker Einfluß Heinrich Heines konstatiert.

Völlige Übereinstimmung herrschte schließlich hinsichtlich der formalen Bewertung der Sammlung. Danach handelt es sich bei den *Vier Jahreszeiten* um eine willkürlich für den Druck zusammengestellte Auswahl von Gedichten, die lediglich einen Querschnitt aus Wedekinds lyrischer Produktion böten. Ein Kompositionswille, der die Einzelgedichte zu einer sinnvollen Einheit zusammenfüge, lasse sich nicht feststellen, und auch nach einem verbindlichen Bezug zum Titel der Sammlung suche man vergeblich. Vielmehr seien die Gedichte, so Wedekinds Biograph Artur Kutscher, »mit mehr oder weniger Notwendigkeit auf Frühling, Sommer, Herbst und Winter bezogen und ziemlich gleichmäßig auf diese Abschnitte verteilt«[1].

Diesem Urteil wird man sich nach der ersten Lektüre gerne anschließen wollen. Denn bei aller Faszination, die etwa vom provozierenden *Tantenmörder* oder der berühmten *Brigitte B.* ausgeht, löst die Gesamtheit der Gedichte zunächst vor allem Ratlosigkeit aus. Die Sammlung umfaßt klassisch-romantische Stimmungs- und Bekenntnislyrik, anakreontische Hirtendichtung, aber auch epigrammatische Gedankenlyrik Schillerscher Prägung, daneben Volksliedhaftes, Balladeskes sowie Bänkelgesänge und Moritaten. Eine äußere Klammer oder Logik, die diese heterogenen Elemente sinnvoll zusammenhält, ist nicht ohne weiteres auszumachen. Und auch die Hypothese, dieses stilistische und thematische Durcheinander sei möglicherweise chronologisch zu erklären, ist nicht haltbar: Zwar besteht die 1897 zusammengestellte Sammlung zu ca. einem

1 Artur Kutscher: Frank Wedekind. Sein Leben und seine Werke. Bd. 2. München 1927, S. 37.

Drittel aus älteren, bereits in den 1880er Jahren entstandenen Gedichten; aber auch sie sind wahllos in die Kapitel »Frühling«, »Sommer«, »Herbst« und »Winter« eingestreut. Somit verfestigt sich der Eindruck eines willkürlich kollagierten und in sich extrem heterogenen lyrischen Bilderbogens, hinter dem sich – zumindest mit traditionellen ästhetischen Kriterien – kein systematisches Kompositionsprinzip ermitteln läßt.

Gerade diese Beobachtung ist aber für das Verständnis von Wedekinds *Vier Jahreszeiten* essentiell, denn erst sie schärft den Blick für den eigentümlichen Widerspruch zwischen der scheinbar defizitären Formgebung der Sammlung und ihrem Titel. Dieser Widerspruch ist es denn auch, aus dem die konstatierte Struktur- und Formlosigkeit ihren Sinn bezieht. Mit dem Motiv der Jahreszeiten ist durch seine historisch vielfältige Bearbeitung in Malerei, Musik und Literatur seit der Antike vor allem eine Vorstellung eng verknüpft: die Idee einer stabilen und in sich logisch strukturierten Weltordnung. Deren verläßliche Gliederung und überzeitliche Gültigkeit sah man nicht nur in der zyklischen Wiederkehr der kalendarischen Jahreszeiten veranschaulicht. Auch diese selbst hat man als Symbole einer göttlich verbürgten, zielgerichteten Schöpfungs- und Menschheitsgeschichte gedeutet und mit Frühling, Sommer, Herbst und Winter sowohl die Vorstellung der vier Weltalter als auch der vier menschlichen Lebensalter verbunden. Dabei stand z. B. der Frühling – als Bild der Kindheit und des Goldenen Zeitalters – stets für die Vision eines unschuldig-naiven, glücklichen Menschheitszustands.

Schon die äußere Form der Wedekindschen *Vier Jahreszeiten* deutet an, daß die Idee einer in sich stimmigen Welt- und Wirklichkeitsverfassung obsolet geworden ist; eine entsprechende Skepsis manifestiert sich aber auch inhaltlich. Einen Zugang zur zentralen Problemstellung der Sammlung eröffnet das Schlußgedicht des »Frühlings«-Kapitels. Hier äußert sich ein Subjekt, das den Verlust kindlicher Naivität als Zerstörung einheitlicher Ich- und Welterfahrung erlebt. Als Ursache dieser Entfremdungserfahrung wird die Ablösung von Glauben durch Erkenntnis genannt – ein Topos also, dessen Relevanz für das vorliegende Gedicht sich erst dann vollständig erschließt, wenn man ihn nicht nur innerhalb der Lebensaltermetaphorik deutet, sondern ihn in den zeitlichen Kontext der Jahrhundertwende projiziert.

Es ist eine Zeit, in der die modernen Natur- und Sozialwissenschaften das überkommene Bild des Menschen und seiner Beziehung zur Wirklichkeit tiefgreifend erschüttern. Die Ergebnisse der Soziologie, Biologie, Medizin, Psychologie und Sexualwissenschaften eröffnen Sichtweisen auf den Menschen, die sich mit dem traditionellen Bild des autonomen, in sich einheitlichen Subjekts nicht mehr in Einklang bringen lassen. Indem sie in Milieu und Vererbung, aber auch in Instinkt, Affekt und Triebsteuerung die zentralen Schaltstellen des Menschseins erkennen, werden die Kategorien geistig-ideeller Ich- und Weltdeutung zunehmend fragwürdig. Religiöse, ethische und moralische Wertsetzungen geraten auf den Prüfstand und werden als Bestandteile einer illusionären, realitätsverstellenden Metaphysik entlarvt. Und auch Begriffe wie ›Seele‹, ›Gefühl‹ und ›Liebe‹ erweisen sich, auf ihre physikalischen und materiellen Bedingungen hin befragt, als ungewiß.

Nach den vertrauten Spuren der Moderne, nach Großstadtszenen oder dem expressionistischen Sprachexperiment, sucht man in Wedekinds *Vier Jahreszeiten* vergeblich. Gleichwohl hat die moderne Wirklichkeit in diesen Gedichten eine markante Signatur hinterlassen: Sie handeln von der gleichermaßen erkenntnisfördernden wie glaubenszersetzenden Kraft des Intellekts; sie thematisieren die Kluft zwischen traditionellen, geistig-ideellen Wirklichkeitsinterpretationen und modernen, rational-analytischen bzw. wissenschaftlichen Einsichten; und in ihnen äußert sich schließlich der vergebliche Versuch, die Facetten moderner Weltdeutung zu einem einheitlichen Bild zusammenzufügen. Dieser zentralen Problemstellung entspricht die Art ihrer ästhetischen Bewältigung: Sie erfolgt weder diskursiv noch in schrittweiser, auf *ein* Ergebnis hin gerichteter Entwicklung. Die Einzelgedichte konstituieren vielmehr einen sich aspektuell ständig erweiternden Horizont, auf dem – zwar unstrukturiert, aber mit einer gewissen Regelhaftigkeit – immer wieder gewisse Themen aufgespannt sind: darunter Liebe, Ehe, Familie und Sexualität, aber auch Kunst sowie religiöse, philosophische und ethisch-moralische Fragestellungen. Zu jedem dieser Themenaspekte präsentiert die Sammlung eine Fülle von divergierenden und z. T. in sich tief widersprüchlichen Ansichten, ohne diese aus einer bestimmten Perspektive heraus endgültig oder ›richtig‹ zu fokussieren.

So geistern denn insbesondere zum Thema Liebe die unterschiedlichsten Standpunkte und Ansichten durch die *Vier Jahreszeiten*. Man begegnet Gedichten, die sich formal wie inhaltlich eng an die Gestaltungsprinzipien der klassisch-romantischen Stimmungs- und Bekenntnislyrik anlehnen. Sie sind durchdrungen von einem tief empfundenen Liebes- und Glücksgefühl, künden von innerer Nähe und seelischem Einklang oder beklagen mit schmerzhafter Wehmut den Verlust seelischer Geborgenheit. Diese ideale Harmonie einer ›stimmigen‹ Ich- und Weltverfaßtheit, die beispielhaft etwa *An Madame de Warens* ausstrahlt und die sich auch in *Einkehr* äußert, ist jedoch nur für einige wenige Gedichte prägend. In der Mehrzahl von ihnen ist sie gestört. Sie zeugen von der Einsicht, daß sich das einheitliche Bild von Ich und Welt mit zunehmender Erkenntnis nicht abrundet, sondern Risse und Sprünge bekommt. So ist es denn auch nicht verwunderlich, daß fast alle Gedichte Wedekinds auch formal durch entsprechende Risse und Brüche bestimmt sind.

Diese treten besonders an Gedichten wie *Franziska*, *An Elka*, *Johannistrieb* oder *Morgenstimmung* zutage, an Texten also, die – ganz im Sinne Heines – als Parodien auf das klassisch-romantische Liebesgedicht gestaltet sind. Während jene vom gefühlvollen Einklang bestimmt sind, dominieren hier neben spielerischem Humor vor allem die beißende Ironie und der desillusionierende Stimmungsbruch, hervorgerufen durch abrupten Perspektivenwechsel, der neben den geistig-emotionalen nun auch die sinnlich-körperlichen Dimensionen der Liebe in den Fokus nimmt: Der sehnsüchtige Blick auf die Angebetete verengt sich, richtet sich auf Mieder, Fleisch und Busen, gilt nicht ihrer Herzensgüte, sondern ihrem Körper, und gibt zu erkennen, daß er sich nicht aus sentimentaler Verehrung speist, sondern aus biologischer Triebhaftigkeit.

Die Idee eines paradiesischen, unschuldigen Menschheitszustands blitzt dagegen in *Felix und Galathea* und anderen bukolischen Gedichten nochmals auf. Sie präsentieren naive Akteure in idyllisch-ländlicher Kulisse und rekurrieren so auf Motive, mit denen die antike Pastoraldichtung Bilder des Goldenen Zeitalters entwarf. Wedekind hingegen arrangiert diese Motive – analog zu ihrer Adaption in der französischen Rokokoliteratur – zu galanten erotischen Situationen, in die sich Schäfer und Schäferin, Stallknecht und Viehmagd in geradezu blöder Arglosigkeit verstrikken – zum Ergötzen des wissenden Lesers, der diese Verfänglichkeiten durchschaut.

Während hier die Akteure gewissermaßen als unschuldige Objekte voyeuristischer Begierden gezeichnet sind, plädieren in Gedichten wie *Lulu*, *Erdgeist*, *Ilse* und *Konfession* selbstbewußte weibliche Subjekte für den hemmungs- und schamlosen Sexualgenuß. Sie bekennen sich vorbehaltlos zu Sünde, Schamlosigkeit und Promiskuität und lobpreisen den Genuß sexueller Wonnen bzw. lustvoll erlebter Sexualität. Daß Wedekind entsprechende sinnliche Potenzen gerade im Weiblichen identifiziert und glorifiziert, entspricht dem typischen Frauenbild der Jahrhundertwende ebenso wie deren Dämonisierung im Konstrukt der *femme fatale*.

Auch dieser Topos von der Zerstörungskraft des Weiblichen findet Eingang in die *Vier Jahreszeiten*: Noch durchaus ironisch wird die Gefahr beschworen, an Tripper, Schanker und Syphilis zu erkranken oder einem engelsgleichen teuflischen Frauenzimmer in die Hände zu fallen, um von ihm seziert, gebraten und verspeist zu werden. Ohne ironische Brechung äußert sich diese angstbesetzte Abwehr dagegen im Bild der peitschenschwingenden Jägerin, die mordgierig nach Beute späht und der sich die Meute, die ihr eben noch die Füße leckte, in tödlichem Triumphgesang entgegenstellt.

Unter nochmaligem Perspektivenwechsel ist das Thema Liebe und Geschlechterbeziehung in *Die Keuschheit* beleuchtet. Das Leierkastenlied erzählt, wie die kindliche Liebe einer keuschen Maid von einem Scheusal schamlos ausgenutzt und diese kaltblütig in den Tod getrieben wird. Ähnlich Schauerliches berichtet die Ballade vom unerfahrenen Dienstmädchen *Brigitte B.*, das sich in romantischer Liebe einem kriminellen Individuum hingibt und dabei selbst zur Verbrecherin wird. Einen Blick hinter die Kulissen bürgerlichen Familienlebens gibt dagegen – wie auch das Lied vom *Prügelheini* – die Moritat vom braven *Lehrer von Mezzodur*, einem Vater von drei Kindern, der in einem Anfall wahnhafter Eifersucht seine Familie auslöscht.

Wie in einer Reihe weiterer *Jahreszeiten*-Gedichte greift Wedekind hier auf lyrische Traditionen zurück, die ursprünglich nicht der sogenannten ›hohen‹ Literatur, sondern der Volkskunst angehörten. Der inhaltliche Tenor dieser Gedichte belegt jedoch, daß der Rekurs auf entsprechende Formen nicht als sentimentale Reminiszenz an naive Volkstümlichkeit verstanden sein will, sondern zur provokanten Zuspitzung der gewählten Inhalte dient. So stellt etwa *Der Taler* ein Loblied auf den Wert des Geldes dar, das hier im betulich-fürsorglichen Tonfall einer liebenden Mutter gesungen wird. Und das Geständnis des Tantenmörders, er habe der alten und schwachen Tante ohne Mitleid und Zartgefühl den Dolch in die Därme gestoßen, liest sich wie ein zynisches Bekenntnis zum skrupellosesten Immoralismus.

Ein ähnliches Credo spricht aus Gedichten, die formal an die Tradition der Schillerschen Gedankenlyrik anknüpfen. Doch zielen diese nicht auf die Verteidigung des Guten, Wahren und Schönen, sondern auf die Propagierung von Grundsätzen, die Menschsein aus dezidiert materialistischer Perspektive betrachten: Egoismus und Rücksichtslosigkeit des Viechkerls werden zu Lebensregeln erhoben, Tugendpalme, Gnadenpokal und Ehre verschmäht und jegliche Ansprüche an ethisch-moralische Integrität trotzig zurückgewiesen. Menschsein reduziert sich hier nicht zuletzt auf nackte – nun nicht anbetungswürdige, sondern erbärmliche – Körperlichkeit, die behaart, verwanzt, krank und elend ist.

Aus dieser materialistischen Perspektive heraus streifen die *Vier Jahreszeiten* auch das Thema Kunst und beleuchten dabei Aspekte, die die ideelle Aura des traditionellen Kunstbegriffs verbirgt: die Einschränkungen und Abhängigkeiten des Künstlers von Markt, Zensur und Kritik, aber auch die Verwertung sozialen Elends in der Ware Kunstwerk, die das *Lied vom armen Kind* zum Thema hat.

Doch läßt sich weder im Antiidealismus noch im Immoralismus der zentrale Fluchtpunkt auffinden, auf den sich Wedekinds Gedichte schlüssig beziehen lassen. Gegen ein entsprechendes Verständnis sperren sich eine Reihe von Gedichten, die ausdrücklich Front beziehen gegen die ewige Wiederkehr des Fressens und Saufens. In *Kapitulation* und *Spiritus familiaris* meldet sich zurück, was sich rational leugnen, auch kurzfristig im Alkohol ertränken, aber nicht vollends totschlagen läßt. Daß Mensch-Sein – allen Vorbehalten gegenüber traditioneller Metaphysik und alten Glaubensgrundsätzen zum Trotz – im rein Physikalischen nicht aufgeht, deutet auch *Das Opfer* an, wo neben dem kahlen Totenschädel auch das liebende Herz des sterbenden Mädchens ins Blickfeld gerät. Und in scharfem Kontrast zum *Tantenmörder* äußert sich in *Aufschrei* tiefes Schuldbewußtsein.

Während hier Moral, Gewissen und subjektive Empfindung gegen die Kraft der reinen Rationalität ins Spiel gebracht werden, entlarven z. B. das Schlußgedicht des »Sommer«-Kapitels wie auch die Verse *An das Leben* den selbstzerstörerischen Charakter des rationalen Erkenntnisprozesses. Konstatiert wird nicht nur – wie im *Blinden Knaben* – die Entfremdung von der heiteren Welt der naivgläubigen Kindheit, sondern auch die Entfremdung vom eigenen Ich. Die Emanzipation von irrationalen Ich-Anteilen und die Freiheit, sich selbst als Tier wie auch als Gott zu fühlen, wird als *Selbstzersetzung* erfahren.

So wird schließlich deutlich, daß sich aus der Fülle der präsentierten Perspektiven und Ansichten kein fester Standpunkt herauskristallisieren läßt, von dem aus Wirklichkeit endgültig und richtig begriffen wäre. Und so machen denn Wedekinds *Vier Jahreszeiten* auch sinnfällig, daß Wahrheit nicht mehr in einer festen Position, sondern nur noch in einer schwingenden, nicht stillzustellenden Vielfalt von Wahrheitsaspekten greifbar ist: in einem Bündel von kaleidoskopartig schillernden Teilwahrheiten, die kurz aufblitzen, um sich im Kontrast mit anderen sofort wieder aufzulösen. Was sich verfestigt, ist dagegen der Eindruck des Flüchtigen, Instabilen, Bewegten: ein Gestus, den – wohl nicht zufällig – auch die 1912 neu in die Sammlung aufgenommenen »Tänze« simulieren.

Elke Austermühl

INHALT

Sommer

Herbst

Winter

Tänze

Zu dieser Ausgabe

insel taschenbuch 2721: Frank Wedekind, *Die vier Jahreszeiten*. Gedichte. Mit einem Nachwort von Elke Austermühl. Der Text folgt der Ausgabe letzter Hand in: Frank Wedekind, *Gesammelte Werke*. Erster Band. Georg Müller Verlag, München 1912.

Für die vorliegende Ausgabe wurde der Text durchgesehen und die Schreibweise leicht modernisiert.

Umschlagabbildung: Félix Vallotton, Un bras perdu de rivière, 1923

»Lyrik«

Anthologien im insel taschenbuch
Eine Auswahl

An mein Kind. Gedichte an Töchter und Söhne. it 2227. 146 Seiten

Gedichte und Interpretationen aus der »Frankfurter Anthologie«. Herausgegeben von Marcel Reich-Ranicki. it 794. 346 Seiten

Die schönsten Liebesgedichte. Herausgegeben von Sigrid Damm. it 1872. 167 Seiten

Ganz mein Herz dir hingegeben. Gedichte der englischen Romantik. Herausgegeben von Norbert Kohl. Mit farbigen Abbildungen. it 2180. 233 Seiten

Gedichte berühmter Frauen. Von Hildegard von Bingen bis Ingeborg Bachmann. it 2555. 384 Seiten

Das Poesiealbum. Verse zum Auf- und Abschreiben. Mit Bildern und Vignetten. Ausgewählt von Elisabeth Borchers. it 414. 138 Seiten

NF 20/1/4.00

NF 25/1/8.00

- Luftreisen. Herausgegeben von Volker Michels. Mit zahlreichen Abbildungen. it 1604. 81 Seiten
- Magie der Farben. Aquarelle aus dem Tessin. Mit Betrachtungen und Gedichten zusammengestellt und mit einem Nachwort versehen von Volker Michels. it 482. 117 Seiten
- Mit der Reife wird man immer jünger. Betrachtungen und Gedichte über das Alter. Mit Fotografien von Martin Hesse. Herausgegeben von Volker Michels. Großdruck. it 2311. 191 Seiten
- Piktors Verwandlungen. Ein Liebesmärchen, vom Autor handgeschrieben und illustriert, mit ausgewählten Gedichten und einem Nachwort versehen von Volker Michels. it 122. 91 Seiten
- Schmetterlinge. Betrachtungen, Erzählungen, Gedichte. Zusammengestellt und mit einem Nachwort versehen von Volker Michels. it 385. 97 Seiten
- Tessin. Betrachtungen, Gedichte und Aquarelle. Herausgegeben und mit einem Nachwort versehen von Volker Michels. it 1494. 314 Seiten
- Vogel. Ein Märchen. Großdruck. it 2399. 80 Seiten
- Wanderung. Aufzeichnungen. Mit 14 Aquarellen. it 2354. 136 Seiten
- Wolken. Betrachtungen und Gedichte. Herausgegeben und mit einem Nachwort versehen von Volker Michels. Mit Bildern von Thomas Schmid. Großdruck. it 2367. 189 Seiten
- Wunder der Liebe. Liebesgedichte. Herausgegeben und mit einem Nachwort versehen von Volker Michels. it 2263. 125 Seiten
- Der Zwerg. Ein Märchen. Mit Illustrationen von Rolf Köhler. it 636. 72 Seiten

NF 25/2/8.00

Marie Luise Kaschnitz
- Beschreibung eines Dorfes. Fotografien von M. Grünwald. it 665. 66 Seiten
- Eisbären. Ausgewählte Erzählungen. it 4. 176 Seiten
- Elissa. Roman. it 1694. 188 Seiten
- Liebe beginnt. Roman. it 1603. 180 Seiten
- Liebesgeschichten. Ausgewählt von Elisabeth Borchers. it 2536. 155 Seiten
- Menschen und Dinge 1945. Zwölf Essays. Mit einem Nachwort von Karl Krolow. it 1710. 116 Seiten
- Mit Marie Luise Kaschnitz durch Rom. Herausgegeben von Iris Schnebel-Kaschnitz und Michael Marschall von Bieberstein. Mit Fotografien von Mario Clementi. it 2607. 196 Seiten
- Orte und Menschen. Aufzeichnungen. Mit einem Nachwort von Marcel Reich-Ranicki. it 1361. 176 Seiten
- Steht noch dahin. it 1729. 88 Seiten
- Tage, Tage, Jahre. Aufzeichnungen. it 1453. 365 Seiten
- Zwischen Immer und Nie. Gestalten und Themen der Dichtung. it 1527. 318 Seiten

Wolfgang Koeppen
- Die Erben von Salamis oder Die ernsten Griechen. Mit farbigen Fotografien. Großdruck. it 2401. 80 Seiten
- Reisen nach Frankreich. Mit farbigen Fotografien von Angelika Dacqmine. it 2218. 170 Seiten

Rainer Maria Rilke
- Erste Gedichte. Larenopfer. Traumgekrönt. Advent. it 1090. 167 Seiten
- Frühe Gedichte. it 878. 117 Seiten
- Gedichte aus den Jahren 1902 bis 1917. Illustriert von Max Slevogt. it 701. 236 Seiten
- Ausgesetzt auf den Bergen des Herzens. Gedichte aus den Jahren 1906 bis 1926. it 98. 206 Seiten

NF 25/3/8.00

- Gedichte aus den späten Jahren. Herausgegeben von Franz-Heinrich Hackel. it 1178. 139 Seiten
- »Und ist ein Fest geworden«. 33 Gedichte mit Interpretationen. Herausgegeben von Marcel Reich-Ranicki. it 2611. 155 Seiten
- Geschichten vom lieben Gott. Mit Illustrationen von E. R. Weiß. it 43. 109 Seiten
- Die Letzten. Im Gespräch. Der Liebende. it 935. 76 Seiten
- Die Erzählungen. it 1717. 434 Seiten
- Worpswede. Fritz Mackensen. Otto Modersohn. Fritz Overbeck. Hans am Ende. Heinrich Vogeler. Mit zahlreichen Abbildungen und Farbtafeln im Text. it 1011. 236 Seiten
- Auguste Rodin. Mit sechsundneunzig Abbildungen. it 766. 143 Seiten
- Briefe über Cézanne. Herausgegeben von Clara Rilke. Besorgt und mit einem Nachwort versehen von Heinrich Wiegand Petzet. Mit siebzehn farbigen Abbildungen. it 672. 140 Seiten
- Über moderne Malerei. Herausgegeben von Martina Kriеßbach-Thomasberger. Mit zahlreichen farbigen Abbildungen. it 2546. 182 Seiten
- Das Florenzer Tagebuch. Herausgegeben von Ruth Sieber-Rilke und Carl Sieber. it 1597. 116 Seiten
- Die Liebenden. Die Liebe der Magdalena. Portugiesische Briefe. Die Sonette der Louïze Labé. Großdruck. it 2366. 126 Seiten
- Reise nach Ägypten. Briefe, Gedichte, Notizen. Herausgegeben von Horst Nalewski. it 2699. 120 Seiten

Rainer Maria Rilke/Lou Andreas-Salomé. Briefwechsel. Erweiterte Ausgabe. it 1217. 647 Seiten

NF 25/4/8.00

Mit Rilke durch die Provence. Herausgegeben von Irina Frowen. Mit farbigen Fotografien von Constantin Beyer. it 2148. 126 Seiten

Rilke für Gestreßte. Ausgewählt von Vera Hauschild. it 2191. 100 Seiten

Hertha Koenig. ›Erinnerungen an Rainer Maria Rilke‹ und ›Rilkes Mutter‹. Mit Abbildungen. Herausgegeben von Joachim W. Storck. it 2607. 140 Seiten

NF 25/5/8.00

»Liebe«

Anthologien
im insel taschenbuch

An mein Kind. Gedichte an Töchter und Söhne. it 2227. 146 Seiten

Liebe Mutter. Eine Sammlung von Elisabeth Borchers it 230. 327 Seiten

Casanova-Geschichten. Ausgewählt von Erich Kleßmann. it 2117. 361 Seiten

Die Kunst der Verführung. Herausgegeben von Birgit Haustedt. Mit zahlreichen Abbildungen. it 1837. 279 Seiten

Der Kuß. Von der schönsten Sache der Welt. Herausgegeben von Doris Maurer. it 2168. 190 Seiten

Liebe und Eros. Spurensuche für Liebende. Herausgegeben von Bernhard Kytzler. it 1613. 260 Seiten

Matrosen sind der Liebe Schwingen. Homosexuelle Poesie von der Antike bis zur Gegenwart. Herausgegeben von Joachim Campe. it 1599. 188 Seiten

Ovid. Liebeskunst. Mit Abbildungen nach etruskischen Wandmalereien. it 164. 113 Seiten

Über die Liebe. Gedichte und Interpretationen aus der »Frankfurter Anthologie«. Herausgegeben von Marcel Reich-Ranicki. it 794. 346 Seiten

NF 19/1/4.00

Die schönsten Liebesgedichte. Herausgegeben von Sigrid Damm. it 1872. 167 Seiten

Die schönsten Liebesgeschichten. Ausgewählt von Elisabeth Borchers. it 2213. 375 Seiten

NF 19/2/4.00